Collection dirigée par Hélène Potelet et Georges Décote

Georges Courteline

Vaudeville et comédie

classiques Hatier

Texte intégral

Un genre

La comédi

Jasmine Zanotti-Rebellato
certifiée de lettres modernes
docteur ès lettres

ISBN 2-218-**92174**-X
ISSN 0184 0851

HATIER

Le théâtre de Courteline

■ Georges Courteline est dans sa quarantième année lorsque le Théâtre du Grand Guignol représente *Monsieur Badin* le 13 avril 1897.
Une année plus tard, c'est au tour des *Boulingrin*, le 17 février 1898.
Le commissaire est bon enfant est créée au Théâtre du Gymnase le 16 décembre 1899.

■ 1895 : Félix Faure est président de la République. Il meurt en 1899 et Loubet lui succède.

À la même époque…

■ Le 13 janvier 1898 paraît le « J'accuse » de Zola dans *L'Aurore*. Pétition des intellectuels en faveur de Dreyfus.

■ En 1899
– Nouveau procès de Dreyfus à Rennes : il est condamné avec circonstances atténuantes puis gracié.
– C'est le début des entrées de métro de Guimard.

■ En 1900, l'exposition universelle a lieu à Paris.

Sommaire

Introduction

Georges Courteline (1858-1929)

L'enfance de Courteline

Le premier tour d'un humoriste est de naître le jour de sa mort. Georges Moineau, futur Courteline naît donc le 25 juin 1858 et meurt le 25 juin 1929, rue Lariche, devenue rue Georges Courteline à Tours. Son père est chroniqueur à *La Gazette des tribunaux*, humoriste et auteur dramatique.

Pensionnaire au collège de Meaux, il se souvient de ses années de collège avec déchirement, « des brutalités stupides du maître d'étude, le dégoût des premiers repas sur la table du réfectoire, la morsure des premiers froids, les coups de bâton des premières injustices ». Il ne pardonnera jamais au collège de l'avoir prématurément sevré des douceurs de l'enfance et lorsque l'administration lui proposera de donner son nom à un lycée, il répondra vertement : « J'aimerais cent fois mieux y foutre le feu ».

Incapable de se contraindre, il délaisse ce qui lui semble rébarbatif et se passionne à l'excès pour tout ce qui a la grâce de le séduire. En juin 1877, Georges se présente à la première partie du baccalauréat, et contre toute attente, il réussit ! Il obtient de ses parents la permission de quitter Meaux et de venir étudier à Paris la seconde partie du baccalauréat qu'il ne réussira pas.

Ses années de labeur

Obligé de travailler, il trouve une place de comptable au service des restaurants des Bouillons Duval. Son travail consiste à vérifier l'exactitude des notes de restaurant. Il est vite renvoyé pour incompétence et mauvaise volonté.

Portrait de Georges Courteline.
Dessin de A. Barrère, Fév. 1922.

Exclu de l'école, banni du monde du travail, il ne sait que faire de sa vie et se consacre à la poésie. Mais l'État met un terme à son existence de bohème. Courteline a alors 20 ans, les jeunes sont soumis au principe du service militaire obligatoire selon l'usage du tirage au sort. Le jour du recrutement, des boules à numéro sont mélangées dans une urne, chaque appelé plonge la main et le hasard décide.
À cette loterie militaire, le conscrit Moineaux gagne son engagement dans l'armée.
Très vite, l'armée le juge trop chétif pour une incorporation définitive et l'envoie à l'infirmerie où il s'organise une petite vie de *farniente*. Après sept mois d'incorporation, l'armée le rend au pavé parisien et il est réformé.
Mais son père lui rappelle les nécessités de trouver un travail. C'est ainsi que Georges Moineaux entre en 1880 comme expéditionnaire à la Direction des Cultes, fonction qu'il quittera quatorze ans plus tard.
C'est en 1884 qu'il publie *Les Chroniques de Georges Courteline* dans *Les Petites Nouvelles quotidiennes*. Le succès est immédiat. *La Soupe* est la première d'une longue série de chroniques réunies en 1886 sous le titre *Les Gaîtés de l'escadron* ensuite *Le 51ᵉ Chasseurs* (1887) et *Le Train de 8 h 47* en 1888.
De 1890 à 1894, il écrit des chroniques régulières et publie sous le nom de Courteline ses meilleurs contes, *Messieurs les ronds de cuir*, en feuilletons, et *Les Hannetons* qui deviendront vingt ans plus tard *Les Linottes*.
Courteline mène alors une double vie : celle d'un artiste bohème dont le lieu privilégié est Montmartre avec ses cabarets et ses cafés et celle d'un fonctionnaire du ministère des Cultes. Très vite, cette double existence est incompatible. Ces interminables bacchanales s'étirent tout au long de la nuit et Courteline confessera plus tard : « J'étais régulièrement au lit entre cinq ou six heures du matin et comme c'était le temps où je servais l'État en qualité d'expéditionnaire à la Direction des cultes, je vous laisse deviner à quelle heure je venais prendre mon service. » Très vite, cette double existence devient impossible.

Depuis longtemps, il guette son collègue Arthur Chrysanthe qui est son double inversé. Chrysanthe est sérieux, appliqué, ponctuel et voué à l'administration. Courteline a l'idée de lui donner une partie de son traitement si ce dernier le remplace à son poste. Il signera à sa place les feuilles de présence. Et voilà notre auteur débarrassé de ses obligations administratives qui se fait remplacer par une doublure !

L'amour et l'accomplissement de son œuvre

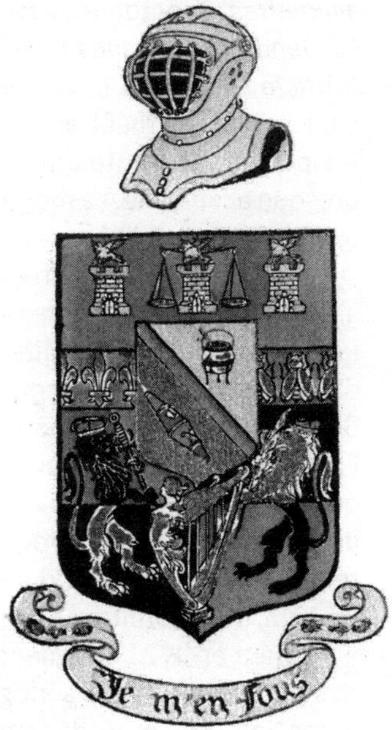

En 1892, la représentation *Des Joyeuses Commères de Paris*, signée par Catulle Mendès et Courteline lui permet de faire la connaissance de l'actrice Suzanne Fleury, dite Berty, dont il tombe éperdument amoureux. Ils ne se quittent plus et abritent leur amour à Montmartre.

Suzanne n'est faite que pour le théâtre, la frivolité et l'insouciance. La porte de leur maison est constamment ouverte et les chats du voisinage côtoient les poules qui entrent dans la demeure pour y picorer les restes du repas abandonnés sur la table que l'actrice ne prend pas soin de débarrasser.

La Peur des coups (1894) et *Hortense, couche-toi !* (1897) relatent des instants de vie du couple dont l'actrice, même enceinte, joue le rôle de la femme.

C'est l'époque où il croise Edmond de Goncourt qui fait de lui ce portrait : « Courteline, un petit homme de la race des chats maigres, perdu, flottant dans une ample et longue redingote, des cheveux en baguettes de tambour plaqués sur le front, rejetés derrière les oreilles, des petits yeux noirs comme des pépins de poire dans une figure pâlotte. Ce petit homme, un gesticulateur ayant dans le sac de sa redingote des soubresauts de pantin cassé… » (*Journal*, 12 janvier 1894).

1897 est une année importante puisque quatre pièces de Courteline sont représentées : *Hortense, couche-toi !* (15 mars), *Monsieur Badin* (13 avril), *Bourbouroche* (29 septembre), *Théodore cherche des allumettes* (10 octobre). Les années suivantes, *Les Boulingrin* (1898), *Le Gendarme est sans pitié*, *Le commissaire est bon enfant* (1899), *L'Article 330* (1900), *Les Balances* (1901), *La Paix chez soi* (1903) occupent les scènes théâtrales parisiennes.

Il a plus de quarante ans et il ne veut plus écrire. Son œuvre est presque accomplie. La mort de sa compagne Suzanne qui lui a donné trois enfants et qu'il épouse avant de mourir le laisse très triste (1902). Désormais, il ne fera que reprendre ses nouvelles pour les transposer à la scène. L'auteur est installé définitivement dans la notoriété. On le réclame même pour faire de la publicité pour les grandes gloires d'apéritifs, de biscuits ou de chocolat comme ses amis Sarah Bernhardt, Octave Mirbeau, Edmond Rostand, Anatole France.

En 1907 il rencontre, par hasard, l'actrice Marie-Jeanne Brécourt qui avait joué dans *Les Joyeuses Commères de Paris* en 1892 au côté de sa femme. Le passé revit et il l'épouse. La guerre le pousse à se réfugier à Tours où il rend souvent visite à Anatole France.

En 1917, il fait paraître *La philosophie de Courteline* chez Flammarion et devient en 1921 commandeur de la Légion d'honneur.

Ses dernières années sont gâchées par une gangrène qui l'ampute d'une jambe. Le 15 décembre 1926, il se traîne péniblement à l'Académie Goncourt où il est élu. Le 23 juin 1929, il est amputé de la jambe gauche et attend le 25 juin 1929 pour mourir à l'âge de 71 ans, le jour de son anniversaire.

Georges Courteline

Les Boulingrin

Les Boulingrin, mise en scène de Andonis Vouyoucas, le 5 mars 1987 au théâtre de Châtillon, avec Jacques Germain, Danièle Stefan et François Champeau.

Introduction

Les Boulingrin est un vaudeville en un acte créé au Théâtre du Grand Guignol, installé à Paris, impasse Chaptal dans le IXe arrondissement, le 7 février 1898.
Le Grand Guignol n'est ni un théâtre de marionnettes ni un théâtre pour enfants.
Il a la réputation de faire trembler ou de faire rire : c'est un théâtre d'épouvante et de rire et le spectateur y va pour ressentir des émotions fortes.
En fait, le Grand Guignol tient davantage du corps que du mot. Il y a plus de corps que de paroles, plus de corps à corps que de dialogues, plus de cris, d'yeux révulsés, de contorsions, de lenteur dans la démarche que de mots.
Georges Courteline, ami de son directeur Oscar Méténier, était un des principaux pourvoyeurs de pièces comiques que le directeur faisait alterner avec des pièces noires. En 1897, *Hortense, couche-toi !*, *Monsieur Badin*, *Théodore cherche des allumettes* puis *Les Boulingrin* en 1898 furent conçus dans l'esprit de ce théâtre, qu'Oscar Méténier, fonctionnaire de police, avait créé pour y faire représenter des pièces refusées par André Antoine, le créateur du théâtre libre.

Les personnages

Des Rillettes .... Robert Lagrange
Boulingrin .... Schœller
Madame Boulingrin .... Ellen Andrée
Félicie .... Berthe Le Brec

Le théâtre représente un salon.

Scène première

Des Rillettes, Félicie.

Des Rillettes (*que vient d'introduire Félicie*). – Ces Boulingrin que j'ai rencontrés l'autre jour à la table des Duclou et qui m'ont invité à venir de temps en temps prendre une tasse de thé chez eux, me paraissent de charmantes gens et je crois que je goûterai en leur compagnie infiniment de satisfaction.

Félicie. – Si monsieur veut bien prendre la peine de s'asseoir ?... Je vais aller avertir mes maîtres.

Des Rillettes. – Je vous remercie. Ah !

Félicie. – Monsieur ?

Des Rillettes. – Comment vous appelez-vous, ma belle ?

Félicie. – Je m'appelle Félicie, et vous ?... Oh ! ce n'est pas par indiscrétion, c'est pour savoir qui je dois annoncer.

Des Rillettes. – Trop juste. Des Rillettes.

Félicie (*égayée*). – Des Rillettes ?

Des Rillettes. – Des Rillettes.

Félicie. – Ma foi, j'ai connu pire que ça. Ainsi tenez, dans mon pays, à Saint-Casimir près Amboise, nous avions un voisin qui s'appelait Piédevache.

Des Rillettes. – Oui ? Eh bien, allez donc informer de ma visite Mme et M. Boulingrin.

Félicie. – J'y vais.

Fausse sortie.

Les Boulingrin, scène 1.
Illustration de 1911 par Adrien Barrère (1877-1931)

DES RILLETTES. – Au fait, non. Un moment. Approchez un peu, que je vous parle. (*Lui prenant le menton.*) Vous n'êtes pas qu'une jolie fille, vous.

FÉLICIE (*modeste*). – Peuh…

DES RILLETTES. – Vous êtes aussi une fine mouche.

FÉLICIE. – Peuh…

DES RILLETTES. – De mon côté, j'ose prétendre que je ne suis pas un imbécile.

FÉLICIE. – Peuh… Pardon, je pensais à autre chose.

DES RILLETTES. – Je crois que nous pourrons nous entendre. Il y a longtemps que vous servez ici ?

FÉLICIE. – Bientôt deux ans.

DES RILLETTES. – À merveille ! Vous êtes la femme qu'il me faut.

FÉLICIE. – Vous voulez m'épouser ?

DES RILLETTES. – Ne faites pas la bête, ce n'est pas de cela qu'il s'agit.

FÉLICIE. – On peut se tromper. Excusez.

DES RILLETTES. – Félicie, écoutez-moi bien, et surtout répondez franchement. Si vous mentez, mon petit doigt me le dira. En revanche, si vous êtes sincère, je vous donnerai quarante sous.

FÉLICIE. – C'est trop.

DES RILLETTES. – Cela ne fait rien ; je vous les donnerai tout de même.

FÉLICIE. – En ce cas, allez-y. Questionnez.

DES RILLETTES. – Entre nous, Mme et M. Boulingrin sont de fort aimables personnes ?

FÉLICIE. – Je vous crois.

DES RILLETTES. – Je l'aurais parié ! Gens simples, n'est-ce pas ?

FÉLICIE. – Tout ce qu'il y a de plus.

DES RILLETTES. – Un peu popote ?

FÉLICIE. – Un peu beaucoup.

DES RILLETTES. – Très bien ! Ménage très uni, au surplus ?

FÉLICIE. – Uni ? Uni ? Mais c'est au point que j'en suis quelquefois gênée ! Jamais une discussion, toujours du même avis ! Deux tourtereaux, monsieur ! deux ramiers !

DES RILLETTES. – Allons, je constate que mon flair aura fait des siennes une fois de plus. Je vais être ici comme dans un bain de sirop de sucre. Voilà vos deux francs, mon petit chat.

FÉLICIE. – Ça ne vous gêne pas ?

DES RILLETTES. – Non.

Félicie. – Alors… merci, monsieur.

Des Rillettes (*très grand seigneur*). – Laissez donc !… Jamais je n'ai moins regretté mon argent. Salut ! demeure calme et tranquille, asile de paix où je me propose de venir trois fois par semaine passer la soirée cet hiver, les pieds chauffés à des brasiers qui ne me coûteront que la fatigue de leur présenter mes semelles, et abreuvé de tasses de thé qui ne me coûteront que la peine de les boire. Oh ! agréable perspective ! rêve longtemps caressé ! vision cent fois douce à l'âme du pauvre pique-assiette qui, sentant la vieillesse prochaine et pensant avec Racan que l'instant est venu de faire la retraite, ne demande pas mieux que de la faire, à l'œil, sous le toit hospitalier d'autrui.

Cependant, depuis un instant, Félicie agacée mime le coup de rasoir, la joue caressée du revers de la main et le bout du nez pincé entre l'index et le pouce.

Des Rillettes (*se tournant vers elle qui interrompt brusquement sa mimique*). – C'est que, voyez-vous, mon enfant, plus on avance dans la vie, plus on en voit l'inanité. Qu'est la volupté ? Un vain mot ! Qu'est le plaisir ? Une apparence ! Vous me direz que pour un vieux célibataire, la vie de café a bien ses charmes. C'est vrai, mais que d'inconvénients ! À la longue, ça devient monotone, onéreux, et puis il arrive un âge où…

Félicie. – Oh !

Des Rillettes. – Qu'est-ce qu'il y a ?

Félicie. – J'ai oublié de refermer le robinet de la fontaine.

Des Rillettes. – Petite bête ! Ça doit être du propre.

Félicie. – Je me sauve. Je vous annoncerai en même temps.

Elle sort.

Scène 2

DES RILLETTES, *seul.*

Pas de cervelle, mais de l'esprit. Cette enfant ne me déplaît pas. L'appartement non plus, d'ailleurs. Ameublement bourgeois mais confortable, bourrelets aux fenêtres et sous les portes… La cheminée (*Il s'accroupit devant l'âtre.*) ronfle comme un sonneur et tire comme un maître d'armes. (*Se laissant tomber dans un fauteuil.*) Non, mais voyez donc ce ressort !… Des Rillettes, mon petit lapin, tu me parais avoir trouvé tes Invalides, et tu seras ici, je te le répète ni plus ni moins que dans un bain de sirop de sucre. Je te fais bien mes compliments. Du bruit ! Ce sont probablement M. et Mme Boulingrin.

Des Rillettes dans *Les Boulingrin*.
Illustration de 1911 par Adrien Barrère.

Questions

Repérer et analyser

L'énonciation théâtrale, l'exposition

– Le texte théâtral est fondé sur le principe de la **double énonciation**, c'est-à-dire que les répliques prononcées par les personnages s'adressent aux personnages présents sur scène mais aussi aux spectateurs.
– Dès les premières scènes, le spectateur doit pouvoir disposer des éléments qui lui permettront de comprendre l'action qui se joue devant lui : ce sont les **scènes d'exposition** (qui exposent l'action). **Dans le vaudeville**, l'exposition prend la forme d'une conversation familière ou d'une discussion au cours de laquelle sont distillées par le jeu des répliques les informations nécessaires à la compréhension de l'intrigue.
– Le langage théâtral est composé de **didascalies** qui fournissent des indications de mise en scène.

1 **a.** Sur quel décor le rideau s'ouvre-t-il ? Dans quel lieu l'action va-t-elle se jouer ?
b. Quels personnages sont sur scène ?
2 Qu'apprend le spectateur concernant le personnage de Félicie d'une part, les Boulingrin d'autre part et le personnage de des Rillettes (âge, situation familiale, raison de sa présence chez les Boulingrin, conception du bonheur) ?

Le comique

Le comique de mots

Courteline aime à donner à ses personnages des noms destinés à les ridiculiser et en même temps à entraîner un rire facile : le comique est avant tout auditif, le spectateur rit quand il entend le nom de des Rillettes. On trouve dans d'autres pièces les noms de « Landouille » (aussi bête qu'une andouille), de « Boubouroche » (un tout petit bout de roche et qui se dit têtu comme une mule), de « M. Badin » (un employé peu sérieux qui aime à badiner)…

3 **a.** En quoi le nom de des Rillettes est-il comique ? À quel domaine se rattache-t-il ?
b. Citez la réplique de Félicie qui contribue à ridiculiser davantage le nom du personnage.
4 Décomposez le nom de « Boulingrin » : quelle image les sonorités du nom peuvent-elles déjà donner des personnages qui le portent ?

Le comique de situation : les méprises

Dans le vaudeville, l'effet comique naît souvent de situations de méprises qui peuvent être issues de paroles à double sens.
Les personnages ne communiquent pas et leur échange crée un décalage comique qui suscite le rire du spectateur.

5 Relisez la ligne 36.
a. Quelle interprétation Félicie donne-t-elle du compliment de des Rillettes ?
b. Comment la confusion est-elle possible ? En quoi y a-t-il comique ?

Un type comique : le pique-assiette

6 Cherchez ce qu'est un pique-assiette.
7 **a.** Quelle stratégie des Rillettes utilise-t-il vis-à-vis de Félicie pour s'assurer que la place est bonne ?
b. Les réponses qu'il obtient le satisfont-elles ? Par quel geste et quelles paroles manifeste-t-il son état d'esprit (l. 59 à 66) ?

Le burlesque

Le burlesque est une forme de comique parodique qui caricature le langage soutenu et précieux en jouant sur le décalage de tons : le personnage utilise un ton solennel et sérieux pour parler de réalités triviales. Ce décalage cause un effet de surprise provoquant le rire du spectateur.

8 Relisez les lignes 65 à 85.
a. Quel est le rêve de des Rillettes ?
b. Sur quel ton des Rillettes exprime-t-il son rêve ? Appuyez-vous sur la didascalie de la ligne 65, le lexique poétique ou précieux, et les types de phrases.
c. Montrez que le ton qu'il utilise est en décalage avec les rêves qu'il exprime : pour répondre, relevez les termes qui se réfèrent à une réalité bassement matérielle ainsi qu'à l'expression triviale de la ligne 75.
d. En quoi l'expression « l'âme du pauvre pique-assiette » conduit-elle le spectateur à rire ?
e. Lisez le « Se documenter », p. 19. Quelle différence pouvez vous établir entre la retraite de Racan et celle de des Rillettes. En quoi cette allusion intellectuelle est-elle source de comique ?

Le comique de geste : la mimique

La mimique est une production, par gestes, d'un sentiment que les convenances interdisent au personnage d'exprimer.
Ce procédé, fort comique permet à un personnage de se moquer d'un autre à son insu et de faire du public son complice.

9 Repérez les gestes et les mimiques de Félicie. Quel sentiment exprime-t-elle ? Quel est l'effet produit sur le spectateur ?

10 La sortie du personnage

a. Quel prétexte Félicie trouve-t-elle pour prendre congé de des Rillettes ?

b. En quoi sa sortie de scène met-elle fin aux propos de des Rillettes ?

Le monologue : la confidence comique (scène 2)

Un monologue est une scène dans laquelle un personnage exprime seul et à voix haute ce qu'il pense ou ressent.

11 **a.** Montrez, en relevant les pronoms personnels, que le personnage se parle à lui-même. Par quelle expression se désigne-t-il ? Quel est l'effet produit ?

b. Quel est l'autre destinataire du monologue ? Citez une expression par laquelle il s'adresse directement à ce destinataire.

12 **a.** Quels aspects de l'appartement des Boulingrin attirent son attention ?

b. Relevez les phrases non verbales qui montrent que le personnage procède à l'inventaire de l'appartement puis les comparaisons qui en soulignent le confort.

c. Quels gestes apportent une confirmation à ses propos ?

d. Relevez l'expression, déjà présente dans la scène précédente, par laquelle des Rillettes exprime sa satisfaction.

Les attentes du spectateur

13 **a.** Citez quelques éléments qui, dès ces premières scènes, introduisent le spectateur dans le monde de la comédie.

b. Quels personnages vont entrer en scène ? À quelle suite le spectateur peut-il s'attendre ?

Écrire

Passer du langage familier au langage soutenu

14 Certaines expressions ci-dessous tirées des répliques des deux personnages appartiennent au registre familier. Récrivez-les dans un registre soutenu.

– Vous êtes fine mouche :…
– Je ne suis pas un imbécile :…
– Ne faites pas la bête :…
– Si vous mentez, mon petit doigt me le dira :…
– Un peu popote :…
– Deux tourtereaux :…
– Deux ramiers :…
– Je vais être ici comme dans un bain de sucre :…
– À l'œil :…
– Pas de cervelle, mais de l'esprit :…

Écrire des didascalies

15 Rédigez les didascalies de décor dans lequel se déroule la scène. Vous préciserez le ton et les gestes des personnages en ajoutant des didascalies à certaines répliques que vous jugerez plus essentielles que d'autres.

Se documenter

Racan, 1589-1670 (Honorat DE BUEIL, seigneur de)

Racan fait une rapide et décevante carrière militaire, il se retire dans son château en Touraine. Dans ses *Stances sur la retraite* (1618), ce poète épris de poésie raffinée exprime son amour de la nature et son désir de la solitude.

Scène 3

Des Rillettes, Les Boulingrin

Des Rillettes. – Madame et monsieur Boulingrin, je suis bien votre serviteur.

Boulingrin. – Eh ! bonjour, monsieur des Rillettes.

Madame Boulingrin. – C'est fort aimable à vous d'être venu nous voir.

Boulingrin. – Vous tombez à propos.

Des Rillettes. – Bah !

Madame Boulingrin. – Comme marée en carême.

Des Rillettes. – J'en suis bien aise.

Madame Boulingrin. – Dites-moi, monsieur des Rillettes…

Des Rillettes. – Madame ?…

Boulingrin (*le tirant par le bras gauche*). – Pardon ! moi d'abord.

Madame Boulingrin (*le tirant par le bras droit*). – Non. Moi !

Boulingrin. – Non !

Madame Boulingrin. – N'écoutez pas, monsieur des Rillettes. Mon mari ne dit que des bêtises.

Boulingrin. – Que des bêtises !…

Madame Boulingrin. – Oui, que des bêtises.

Boulingrin. – Tu vas voir un peu, tout à l'heure, si je ne vais pas aller t'apprendre la politesse avec une bonne paire de claques. Espèce de grue !

Madame Boulingrin. – Voyou !

Boulingrin. – Comment as-tu dit cela ?

MADAME BOULINGRIN. – J'ai dit : « Voyou. »

BOULINGRIN. – Tonnerre !... Et puis tu embêtes monsieur. Veux-tu bien le lâcher tout de suite.

MADAME BOULINGRIN. – Lâche-le toi-même.

BOULINGRIN. – Non. Toi !

MADAME BOULINGRIN. – Non !

DES RILLETTES (*écartelé*). – Oh !

MADAME BOULINGRIN. – Tu entends. Tu le fais crier.

DES RILLETTES. – Excusez-moi, madame et monsieur Boulingrin, mais je vois que vous êtes en affaires et je craindrais d'être importun.

BOULINGRIN. – Nullement.

MADAME BOULINGRIN. – Point du tout.

BOULINGRIN. – Au contraire.

DES RILLETTES. – Cependant...

BOULINGRIN. – Au contraire, vous dis-je. *(Lui avançant une chaise.)* Tenez !

MADAME BOULINGRIN (*même jeu*). – C'est cela. Prenez un siège.

DES RILLETTES. – Merci.

BOULINGRIN. – Non. Pas celui-ci ; celui-là !

DES RILLETTES. – Mille grâces.

MADAME BOULINGRIN. – Non. Pas celui-là ; celui-ci.

BOULINGRIN. – Non.

MADAME BOULINGRIN. – Si.

BOULINGRIN. – Non.

MADAME BOULINGRIN. – Si.

BOULINGRIN. – Est-ce que ça va durer longtemps ? Vas-tu ficher la paix à M. des Rillettes ?

Des Rillettes. – En vérité, je suis désolé.

Madame Boulingrin.- Pourquoi donc ?

Boulingrin. – Il n'y a pas de quoi.

Madame Boulingrin et Boulingrin (*ensemble*). – Asseyez-vous.

Madame Boulingrin (*qui a réussi à amener une chaise sous les fesses de des Rillettes*). – Là !

Boulingrin (*qui se précipite*). – Pas sur celle-là, je vous dis !

Il enlève, d'un tour de main, la chaise avancée par sa femme, en sorte que des Rillettes, qui allait justement s'y asseoir, tombe, le derrière sur le plancher.

Madame Boulingrin (*triomphante*). – Tu vois ! (*Pendant tout le couplet qui suit, madame Boulingrin, calme et exaspérante, s'obstine à répéter* :) Imbécile !

Tandis que :

Boulingrin (*légitimement indigné*). – Eh ! c'est de ta faute, aussi ! Pourquoi as-tu voulu le forcer à s'asseoir sur une chaise qui le répugnait ? Tu serais bien avancée, n'est-ce pas, s'il s'était cassé la figure ?... Imbécile ?... Imbécile toi-même ! Quel monstre de femme, mon Dieu ! Pourquoi faut-il que j'aie trouvé ça sur mon chemin ? (*À des Rillettes.*) Vous ne vous êtes pas blessé, j'espère ?

Des Rillettes (*qui se frotte mélancoliquement le fond de culotte*). – Oh ! si peu que ce n'est pas la peine d'en parler.

Boulingrin. – Vous m'en voyez ravi. Approchez-vous du feu.

Des Rillettes (*à part*). – Je suis fâché d'être venu.

MADAME BOULINGRIN (*empressée*). – Prenez ce coussin sous vos pieds.

DES RILLETTES. – Merci beaucoup.

BOULINGRIN (*que la civilité de sa femme commence à agacer, et qui fourre un second coussin sous le premier*). – Prenez également celui-ci.

DES RILLETTES. – Bien obligé.

MADAME BOULINGRIN (*qui ne saurait, sans déchoir, accepter de son mari une leçon de courtoisie*). – Et celui-là.

Elle glisse un troisième coussin sous les deux autres.

DES RILLETTES. – En vérité…

BOULINGRIN (*armé d'un quatrième coussin*). – Cet autre encore.

DES RILLETTES. – Non.

MADAME BOULINGRIN. – Ce petit tabouret.

DES RILLETTES (*les genoux à la hauteur de l'œil*). – De grâce.

BOULINGRIN. – Eh ! laisse-nous tranquilles avec ton tabouret !

Exaspéré, il envoie un coup de pied dans la pile de coussins échafaudée sous les semelles de des Rillettes. Les coussins s'écroulent, entraînant naturellement, dans leur chute, la chaise de des Rillettes, et des Rillettes avec.

Tu assommes M. des Rillettes.

DES RILLETTES (*les quatre fers en l'air*). – Quelle idée !

MADAME BOULINGRIN. – C'est toi qui le rases.

BOULINGRIN (*avec autorité*). – Allons, tais-toi !

Les Boulingrin, scène 3.
Illustration de 1911 par Adrien Barrère.

MADAME BOULINGRIN. – Je me tairai si je veux.

BOULINGRIN. – Si tu veux ?

MADAME BOULINGRIN. – Oui, si je veux.

BOULINGRIN. – ...de Dieu !

MADAME BOULINGRIN. – Et je ne veux pas, précisément.

BOULINGRIN. – C'est trop fort !... Coquine !

MADAME BOULINGRIN. – Cocu !

BOULINGRIN. – Gaupe !

MADAME BOULINGRIN. – Gouape !

BOULINGRIN. – Quelle existence !

MADAME BOULINGRIN. – Je te conseille de te plaindre. (*À des Rillettes.*) Un fainéant doublé d'un escroc, qui ne fait œuvre de ses dix doigts et se saoule avec l'argent de ma dot : les économies de mon vieux père !

Boulingrin (*au comble de la joie*). – Ton père !… (*À des Rillettes.*) Dix ans de travaux forcés pour faux en écritures de commerce.

Madame Boulingrin. – En tout cas, on ne l'a pas fourré à Saint-Lazare pour excitation de mineure à la débauche, comme la mère d'un imbécile que je connais.

Boulingrin (*à des Rillettes*). – Vous l'entendez ?

Des Rillettes. – Ne trouvez-vous pas que le temps s'est étrangement rafraîchi depuis une quinzaine de jours ?

Boulingrin (*à sa femme*). – Ne me force pas à révéler en l'infection de quel cloaque je t'ai pêchée de mes propres mains.

Madame Boulingrin. – Pêchée !… Tu ne manques pas d'audace et je serais curieuse de savoir lequel de nous a pêché l'autre !

Boulingrin. – Ernestine !

Madame Boulingrin (*formidable*). – Silence, ou je dis tout !!!

Boulingrin (*trépignant*). – Ah !… Ah !… Ah !…

Des Rillettes (*avide de concilier*). – Du calme !… Madame a raison.

Boulingrin (*qui bondit*). – Raison ?

Des Rillettes (*doux et souriant*). – Oui.

Boulingrin. – Raison !

Des Rillettes. – Mais…

Boulingrin. – Raison !… Ah çà ! monsieur des Rillettes, vous voulez donc que je vous extermine ?

Des Rillettes. – En aucune façon, monsieur. Je vous prie même de n'en rien faire.

Boulingrin. – Certes, je puis le dire à voix haute : au cours de ma longue carrière, j'ai entendu des crétins proférer des extravagances. Ça ne fait rien, je veux que mon visage se couvre de pommes de terre si j'ai jamais, au grand jamais, ouï la pareille insanité !

DES RILLETTES. – Ah ! mais pardon !

BOULINGRIN. – Raison !

DES RILLETTES. – Voulez-vous me permettre ?

BOULINGRIN. – Raison !

DES RILLETTES. – Écoutez-moi.

BOULINGRIN (*hors de lui*). – Une trique ! Qu'on m'apporte une trique ! Je veux casser les reins à M. des Rillettes, car la patience a des limites et, à la fin, ceci passe la permission. Comment ! Voilà une bougresse, fille de voleurs, voleuse elle-même, qui me fait tourner en bourrique, m'écorche, me larde, me fait cuire à petit feu, et c'est elle qui a raison !... une gueuse qui me suce le sang, me ronge le cerveau, le poumon, les reins, les pieds, le foie, la rate, l'œsophage, le pancréas, le péritoine et l'intestin, et c'est elle qui a raison !

DES RILLETTES. – Voyons...

MADAME BOULINGRIN. – Ne faites pas attention, il est fou.

BOULINGRIN. – Raison !... Vous dites qu'elle a raison parce que vous parlez sans savoir, comme une vieille bête que vous êtes.

DES RILLETTES. – (*assez sec*). – Trop aimable.

BOULINGRIN. – ...Mais si vous étiez à ma place, vous changeriez d'opinion. Oui, ah ! je voudrais bien vous y voir ! Vous en feriez une, de bouillotte, si on vous mettait à la broche avec une gousse d'ail dans le derrière, et qu'on vous foute ensuite à roter devant le feu, depuis le premier janvier jusqu'à la Saint-Sylvestre.

DES RILLETTES. – Comment ! à roter devant le feu !...

BOULINGRIN (*se reprenant*). – À rôtir... Je ne sais plus ce que je dis.

MADAME BOULINGRIN. – Il est fou à lier.

BOULINGRIN. – Fou à lier ?... Gueuse ! Scélérate ! Plaie de ma vie ! (*Saisissant des Rillettes par un bouton de sa redingote et le secouant comme un prunier.*) Mais monsieur, jusqu'à mon manger !... où elle fourre de la mort-aux-rats, histoire de me ficher la colique !

Le bouton saute.

MADAME BOULINGRIN. – Quel toupet ! (*Saisissant des Rillettes par un second bouton, qui saute comme le premier.*) C'est lui, au contraire, qui met des bouchons dans le vin, afin de le rendre imbuvable !

BOULINGRIN. – Menteuse !

MADAME BOULINGRIN. – Je mens ? C'est bien simple.

Elle sort.

Marie-Françoise Savary dans le rôle de Madame Boulingrin, photo de répétition. Spectacle mis en scène par la Compagnie "Le Valet de Cœur", à Clermont-Ferrand du 14 janvier au 11 février 2006.

Scène 4

Boulingrin, Des Rillettes

Boulingrin. – C'est ça ! File, que je ne te revoie plus !... que je n'entende plus parler de toi !

Des Rillettes (*à part*). – Qu'est-ce que c'est que ces gens-là ?... Qu'est-ce que c'est que ces gens-là ? Fuyons avec célérité.

Boulingrin (*s'approchant de lui*). – Monsieur des Rillettes ?

Des Rillettes. – Monsieur ?

Boulingrin. – J'ai des excuses à vous faire. Je crains de m'être laissé aller à un fâcheux emportement et de ne pas vous avoir traité avec les égards voulus.

Des Rillettes (*jouant la surprise*). – Quand cela ? Où ?

Boulingrin. – Tout à l'heure. Ici.

Des Rillettes. – Je ne sais ce que vous voulez dire. Vous avez été, au contraire, d'une correction irréprochable, et je suis touché au plus haut point de votre excellent accueil. (*Boulingrin, souriant et confus, lui serre chaleureusement la main.*) Adieu.

Boulingrin. – Quoi ! déjà ?

Des Rillettes. – Hélas, oui. Je suis appelé au dehors par une affaire des plus pressantes, et je dois prendre congé de vous.

Boulingrin. – Vous plaisantez.

Des Rillettes. – Du tout.

Boulingrin. – Allons, vous allez accepter un rafraîchissement.

Des Rillettes. – N'en croyez rien.

BOULINGRIN. – Si fait, si fait, nous ne nous quitterons pas sans avoir bu un coup et choqué le verre à notre bonne amitié. (*Geste de des Rillettes.*) N'insistez pas, vous me blesseriez. (*Il sonne.*) Je croirais que vous avez de la rancune contre moi. (*À la bonne qui apparaît.*) Allez me chercher une bouteille de champagne.

FÉLICIE. – Bien, m'sieu.

Elle sort.

DES RILLETTES (*consentant à capituler*). – Enfin !...

BOULINGRIN (*ravi*). – Ah !

DES RILLETTES. – J'accepte votre invitation pour ne pas vous désobliger, mais j'entends ne plus être mêlé à vos dissensions intestines. Elles sont sans intérêt pour moi et me mettent dans des positions fausses, sans parler des boutons de mon habit qui y restent, et de mes fesses, qui s'en ressentent.

BOULINGRIN. – Marché conclu.

DES RILLETTES (*la main tendue*). – Tope ?

BOULINGRIN (*tapant*). – Tope !

DES RILLETTES. – En ce cas, asseyons-nous.

Ils prennent chacun une chaise, s'installant l'un près de l'autre, et, souriants, se contemplent un instant en silence. À la fin :

BOULINGRIN (*avec enjouement*). – J'ai idée, monsieur des Rillettes, que nous allons faire, à nous deux, une solide paire d'amis.

DES RILLETTES. – C'est aussi mon avis.

BOULINGRIN. – Vous m'êtes fort sympathique. (*Geste discret de des Rillettes.*) Je vous le dis comme je le pense. Sans doute, j'apprécie vivement l'agrément de votre causerie, pleine d'aperçus ingénieux, fertile en piquantes anecdotes et en mots à l'emporte-pièce, mais une chose surtout me plaît en vous : le parfum de franchise, de droiture, qui émane de votre personne. Gageons que la sincérité est votre vertu dominante ?

DES RILLETTES (*modeste, mais juste*). – Forcé d'en convenir.

BOULINGRIN. – À merveille ! Nous allons l'établir sur l'heure. Donnez-moi votre parole d'honneur de répondre sans ambages, sans détours et sans faux-fuyants, à la question que je vais vous poser.

DES RILLETTES. – Je vous la donne.

BOULINGRIN. – Bien. Dites-moi. Tout de bon, là, le cœur sur la main, croyez-vous que depuis la naissance du monde on vit jamais rien de comparable, comme ignominie, comme horreur, comme infamie, comme abjection, à la figure de ma femme ?

DES RILLETTES (*se levant*). – Ça recommence !

BOULINGRIN (*le forçant à se rasseoir*). – Ah ! vous en convenez !

DES RILLETTES. – Permettez.

BOULINGRIN. – Et encore, si ce n'était que sa figure ! Mais il y a pis que cela, monsieur, il y a sa mauvaise foi sans nom, sa bassesse d'âme sans exemple. Tenez, un détail dans le tas. Nous faisons lit commun, n'est-ce pas !

DES RILLETTES (*impatienté*). – Eh. ! que diable !...

BOULINGRIN. – Sapristi, laissez-moi donc parler. Vous vous expliquerez tout à l'heure. Donc, nous faisons lit commun. Moi, je couche au bord, elle dans le fond. Ça l'embête. Très bien ; qu'est-ce qu'elle fait ? Elle m'envoie des coups de pied dans les jambes toute la nuit ! comme ceci.

Il lance un coup de pied dans le tibia de des Rillettes.

DES RILLETTES (*hurlant*). – Oh !

BOULINGRIN. – Hein ? Quelle sale bête !... Ou alors, elle me tire les cheveux ! Comme cela.

DES RILLETTES (*rugissant*). – Ah !

BOULINGRIN. – N'est-ce pas, monsieur, que ça fait mal ?... Bien mieux ! Quelquefois, le matin, est-ce qu'elle ne m'envoie pas des gifles à tour de bras, sous prétexte de s'étirer ? Parfaitement ! Tenez, voilà comment elle fait. (*Il bâille bruyamment, et, dans le même temps, jouant la comédie d'une personne qui s'étire les membres au réveil, il envoie une gifle énorme à des Rillettes.*) Vous croyez que c'est agréable ?

DES RILLETTES. – Non ! Non ! Et, en voilà assez ! Et je ne suis pas venu dans le monde pour qu'on m'y fasse subir des mauvais traitements. Et si, au grand jamais, je remets les pieds chez vous...

À ce moment :

MADAME BOULINGRIN (*qui est entrée en coup de vent, un verre de vin à la main*). – Buvez.

Scène 5

DES RILLETTES, LES BOULINGRIN

DES RILLETTES (*sursautant*). – Qu'est-ce que c'est que ça ?

MADAME BOULINGRIN. – Buvez !

BOULINGRIN. – Comment ! Tu n'es pas encore morte !

MADAME BOULINGRIN. – Zut, toi ! Mais buvez donc, monsieur. Je vous dis que ça sent le bouchon !

BOULINGRIN. – Mauvaise gale ! Tu ne l'emporteras pas en paradis !

Il sort.

***Les Boulingrin*, scène 5.**
Illustration de 1911 par Adrien Barrère.

Repérer et analyser

L'enchaînement des scènes et l'action

1 **a.** Quelle réplique de des Rillettes permet l'enchaînement entre la scène 2 et la scène 3 ?
b. Quels nouveaux personnages apparaissent dans la scène 3 ?
c. Quel est le personnage qui sort à la fin de la scène 4 ?

2 Dans quelle scène Mme Boulingrin fait-elle son apparition ? Relevez dans la scène 5 une des répliques qu'elle prononce qui fait écho à une réplique de la scène 3.

3 Comment les Boulingrin reçoivent-ils des Rillettes ? Est-il le bienvenu ?

4 **a.** Quelle décision des Rillettes prend-il au début de la scène 4 ? Pourquoi change-t-il d'avis ?
b. Citez à la fin de la scène 4 la réplique qui montre qu'il revient à sa décision première.

Les relations entre les personnages

5 **a.** Quelle relation les époux Boulingrin entretiennent-ils ?
b. Quelles accusations chacun des époux porte-t-il sur la famille de son conjoint (l. 115 à 162) ?

6 De quoi les deux époux s'accusent-ils à la fin de la scène 3 ?

Le comique de farce : la gestuelle

La farce est une pièce comique fondée sur des procédés grossiers (poursuites, coups de bâtons, gifles, injures…).

La symétrie des gestes (scène 3)

7 Relisez les lignes 12 à 63.
Quels gestes identiques M. et Mme Boulingrin effectuent-ils envers leur visiteur ? Appuyez-vous sur les didascalies de gestes pour répondre. En quoi le jeu scénique auquel assiste le spectateur est-il amusant ?

8 **a.** Quel objet chacun des hôtes présente-t-il à des Rillettes (l. 40 à 63) ?
b. Quelle nouvelle rivalité s'instaure entre les Boulingrin (l. 64 à 71) ?

9 **a.** Relisez les lignes 177 à 186. Quels gestes M. et Mme Boulingrin effectuent-ils encore une fois à l'identique envers des Rillettes ?
b. Quelles sont les conséquences de cette gestuelle sur l'habit de des Rillettes ?

La chute

10 **a.** Par quel jeu scénique des Rillettes va-t-il « tomber le derrière sur le plancher » (l. 63) ? Appuyez-vous sur les didascalies.
b. Dans quelle posture physique le personnage demande-t-il « grâce » ? En quoi cette scène relève-t-elle du comique de farce ?

Le mime

> Le mime, autre comique de mouvements, consiste à exprimer des sentiments par des gestes.

11 Relevez les didascalies de geste lignes 269 à 280.
a. Que fait Boulingrin à des Rillettes en mimant les sévices que lui fait subir sa femme ? En quoi est-ce drôle ?
b. Relisez ce passage sans la présence des didascalies. Aurait-il été aussi drôle sans la présence du mime ? Justifiez votre réponse.

Le motif de la bastonnade (l. 154 à 162)

12 **a.** Quel objet Boulingrin veut-il qu'on lui apporte ?
b. À quoi le destine-t-il ? En quoi ce jeu scénique est-il un procédé farcesque ?

Le comique de situation

La dispute

13 **a.** Quelle réplique de la scène 3 montre que la dispute a commencé avant l'arrivée de des Rillettes ?
b. Montrez, en vous appuyant sur les didascalies, que chacun des deux époux veut rallier des Rillettes à sa cause (l. 12 à 14).

La méprise (scène 3)

14 **a.** À partir de quel moment (citez la réplique) des Rillettes est-il impliqué dans la dispute ?
b. Quel mot mal compris par Boulingrin crée la méprise ? Combien de fois ce mot est-il repris ? En quoi est-ce drôle ?

La réaction de des Rillettes

15 **a.** Pourquoi des Rillettes ne fait-il pas état de sa colère aux Boulingrin ? Sur quel ton leur répond-il ?
b. Relevez l'aparté prononcé par des Rillettes au début de la scène 4. À qui est-il destiné ? Que révèle-t-il de sa réaction véritable ?

Le comique de langage (scène 3)

Les stichomythies

On appelle stichomythie l'affrontement verbal de deux personnages qui se répondent mot à mot.

16 Relevez dans la scène 3 quelques passages qui présentent un échange bref entre deux personnages.

Les répétitions et les injures

17 Relisez les lignes 103 à 108. Quel mot répété provoque le rire ?
18 **a.** En quoi les sonorités des injures « coquine ! », « cocu ! », « gaupe ! », « gouape ! » (l. 109 à 112) justifient-elles leur choix ?
b. Cherchez dans un dictionnaire le sens de ces injures. À quel domaine appartiennent-elles ?

La désorganisation du langage

19 **a.** « Ne me force pas à révéler en l'infection de quel cloaque je t'ai pêchée de mes propres mains » : identifiez les mots qui ne sont pas à leur place dans cette réplique. Le spectateur peut-il découvrir le sens de ce propos ?
b. Cherchez à la fin de la scène d'autres incorrections de langue qui montrent que le personnage, sous l'effet de la colère, perd le fil de ses idées et désorganise le langage.

L'accumulation verbale

20 Relisez les lignes 154 à 162. Quelle image Boulingrin donne-t-il de sa femme ? Pour répondre, relevez les verbes qui appartiennent au champ lexical de la cruauté. En quoi y a-t-il accumulation ? Relevez ensuite l'énumération de termes qui renvoient aux parties du corps humain. Quelles associations inattendues de mots suscitent le rire ?
21 Relisez la réplique lignes 168 à 172. Quelle image Boulingrin donne-t-il de lui ? En quoi cette réplique est-elle amusante ?

Les attentes du spectateur

22 **a.** Quels sont les deux personnages qui restent en scène à la fin de la scène 5 ? À quelle suite le spectateur peut-il s'attendre ?
b. Quelle décision des Rillettes prend-il une nouvelle fois, à la fin de la scène 4 ? Quel événement l'empêche de partir ?

Lire et comparer

Les mésententes conjugales : Courteline et Feydeau

Les mésententes conjugales jouent un rôle considérable, non seulement dans le théâtre de Courteline, mais dans celui de « L'époque 1900 ». Cet extrait de *On purge bébé !* de G. Feydeau présente le couple Follavoine, dont la mésentente a des points communs avec le couple Boulingrin de G. Courteline.

JULIE. –… quand il s'est agi de mon éducation, n'a eu qu'une chose en vue : c'est faire de moi une femme d'intérieur !... et une bonne ménagère !

FOLLAVOINE. – Écoute, je t'assure, c'est très intéressant, mais il est onze heures et…

JULIE, *lui coupant la parole.* – Ça m'est égal !... C'est ainsi qu'on m'a appris à faire tout par moi-même !... et à ne compter que sur moi ! parce qu'on ne sait jamais, dans la vie, si on aura toujours des gens pour vous servir.

(Elle gagne la gauche avec dignité.)

FOLLAVOINE, *hausse les épaules, lève les yeux au ciel, puis.* – Tes bas !

JULIE. – Ah ! Zut ! (*Sans prendre la peine de s'asseoir, elle relève vivement ses bas en se mettant successivement sur une jambe et sur l'autre, puis reprenant.*) – J'ai été dressée à ça toute petite ; si bien que c'est devenu chez moi comme une seconde nature. (*S'asseyant sur le fauteuil à droite de la table.*) Maintenant est-ce un bien ? Est-ce un mal ? (*S'accoudant sur le rebord de la table, la tête appuyée sur la main.*) Je ne peux dire qu'une chose : je tiens ça de ma mère.

FOLLAVOINE, *occupé à parcourir ses papiers et sans aucune intention.* – Ah !... ma belle-mère.

JULIE, *la tête à demi-tournée vers Follavoine et sur un ton pincé.* – Non !... « ma mère » !

Follavoine, *de même*. – Eh ! bien, oui ; c'est la même chose.

Julie, *sur le même ton*. – C'est possible ! mais « ma mère », c'est tendre, c'est affectueux, c'est poli ; tandis que « ma belle-mère », ça a quelque chose de sec, d'aigre-doux, de discourtois que rien ne justifie.

Follavoine, *de même*. – Oh ! moi, tu sais, je veux bien.

Julie. – J'ai dit « ma mère » ; eh ! bien, c'est « ma mère ». Inutile de me corriger pour me dire : « ma belle-mère ».

Follavoine. – Je t'assure que si j'ai dit « ma belle-mère », c'est que vis-à-vis de moi…

Julie, *se dressant comme mue par un ressort, et dos au public, les mains crispées au rebord de la table, le corps penché en avant comme pour dévorer son mari*. – Quoi ? Elle n'a pas toujours été correcte ? Tu as quelque chose à lui reprocher ?

Follavoine, *le corps rejeté le plus en arrière possible au fond de son fauteuil, afin de se mettre hors de la portée de Julie. Avec véhémence*. – Mais non ! mais non ! Qu'est-ce que tu vas chercher ? Seulement, ça n'empêche pas, tout de même, que vis-à-vis de moi, ta mère…

Julie, *qui a gagné le milieu de la scène, se retournant, et hautaine et tranchante*. – Ah ! Et puis, je t'en prie, hein ? En voilà assez avec ma mère !

Follavoine, *ahuri*. – Quoi ?

Julie. – C'est vrai ça ! Cette façon de tomber toujours sur cette malheureuse !... de la cribler de lardons à tout propos… !

Follavoine. – Moi !

Georges Feydeau,
On purge Bébé !, 1910

23 Quel sujet ont en commun les pièces de Courteline et de Feydeau ?

24 **a.** Dans *On purge bébé !*, que reproche Follavoine à sa belle-mère ?
b. Quel méfait a commis le père de Boulingrin dans la pièce de Courteline (scène 3) ?

25 En quoi la permanence de ce thème peut-elle s'apparenter à une critique du couple ?

Scène 6

Des Rillettes, Madame Boulingrin

Madame Boulingrin. – Bonjour ! Quel débarras !

Des Rillettes (*à part*). – Quel monde !

Madame Boulingrin. – À la fin, allez-vous boire, vous ?

Des Rillettes. – Sérieusement, j'aime autant pas.

Madame Boulingrin (*étonnée*). – Ce n'est pas sale ; c'est mon verre.

Des Rillettes. – Je ne vous dis pas le contraire, mais je suis forcé de me retirer.

Madame Boulingrin. – Comme ça ? Tout de suite ?

Des Rillettes. – À l'instant même. Qu'est-ce que j'ai fait de mon chapeau ? (*Il se coiffe, puis saluant jusqu'à terre.*) Madame…

Madame Boulingrin. – Écoutez, monsieur des Rillettes, voulez-vous me rendre un service ?

Des Rillettes. – Très volontiers.

Madame Boulingrin. – Bien. Enlevez-moi.

Des Rillettes. – Vous dites ?

Madame Boulingrin. – Je dis : « Enlevez-moi. »

Des Rillettes (*suffoqué*). – Ça, par exemple, c'est le bouquet ! Vous voulez que je vous enlève ?

Madame Boulingrin. – Je vous en prie.

Des Rillettes. – Eh ! Je ne peux pas !

Madame Boulingrin. – Pourquoi donc ?

Les Boulingrin, scène 6.
Illustration de 1911 par Adrien Barrère.

DES RILLETTES. – J'ai un vieux collage, ça me ferait avoir des histoires.

MADAME BOULINGRIN. – Vous refusez ?

DES RILLETTES. – À mon grand regret ; mais enfin, soyez raisonnable…

MADAME BOULINGRIN. – Vous refusez ?

DES RILLETTES. – Puisque je vous dis…

MADAME BOULINGRIN. – Eh bien ! je vous préviens d'une chose : c'est que vous allez être la cause de grands malheurs.

DES RILLETTES. – Moi ?

MADAME BOULINGRIN. – Vous. Oh ! inutile de faire les grands bras. Avant – vous entendez ? – avant qu'il soit l'âge d'un petit cochon, il y aura, à cette place, un cadavre !!! Puisse le sang qui aura coulé par votre faute ne pas retomber sur votre tête !

DES RILLETTES (*les poings aux tempes*). – Mais c'est à devenir fou ! Mais qu'est-ce que je vous ai fait ? Mais ça devient odieux, à la fin !

MADAME BOULINGRIN. – Ah ! c'est qu'il ne faut pas, non plus, tirer trop fort sur la ficelle, ou alors tout casse, tant pis ! Voilà dix ans que j'y mets de la bonne volonté ; ça ne peut pas durer toute la vie. Vous comprenez que j'en ai assez.

DES RILLETTES. – Sans doute ; mais… ça m'est égal.

MADAME BOULINGRIN (*non sans quelque ironie*). – C'est tout naturel, parbleu ! Qu'est-ce que ça peut vous faire à vous ? Ce n'est pas vous qui tenez la queue de la poêle et qui payez les pots cassés. Alors vous tranchez la question avec le désintéressement d'un bon gros diable de pourceau confit dans son égoïsme. Trop commode ! Il est probable que vous changeriez de langage si vous étiez pieds et poings liés, livré à la fureur d'une brute sanguinaire qui vous traiterait en esclave et vous battrait comme un tapis. Car il me bat. Vous ne le croyez pas ?

DES RILLETTES (*battant prudemment en retraite*). – Si ! si ! si !

MADAME BOULINGRIN (*marchant lentement sur lui*). – Non seulement, entendez-vous bien, il me meurtrit de bourrades au point de m'en défoncer les côtes, mais il me pince, qui plus est !… à m'en faire hurler, le misérable !… et (*Pinçant des Rillettes qui proteste*) pas comme ceci, ce ne serait rien… non ; entre l'os de l'index et la deuxième phalange du pouce ! Comme ça. (*Elle joint l'exemple à la démonstration, en sorte que des Rillettes, le bras comme dans un engrenage, se répand en clameurs douloureuses.*) Vous voyez ; ça forme l'étau.

DES RILLETTES. – Ah ! Eh ! Oh ! Hi !

À ce moment, rentre Boulingrin, une assiette de soupe à la main.

Scène 7

DES RILLETTES, LES BOULINGRIN

BOULINGRIN (*à des Rillettes*). – Goûtez !

DES RILLETTES (*sursautant*). – Qu'est-ce que c'est que ça, encore ?

BOULINGRIN. – C'est la mort-aux-rats. Goûtez ! Goûtez donc, tonnerre de Dieu ! Ça va vous fiche la colique.

DES RILLETTES. – Je m'en rapporte à vous.

MADAME BOULINGRIN (*à son mari*). – Canaille !… Je n'en aurai pas le démenti ! Buvez !

DES RILLETTES (*menacé du verre de vin*). – Non !

BOULINGRIN. – Goûtez ça !

DES RILLETTES (*menacé d'une cuillère de soupe*). – Jamais.

MADAME BOULINGRIN. – Je vous promets que ça empeste !

BOULINGRIN. – Je vous jure que c'est du poison !

Ils se sont emparé de des Rillettes, et, de force, chacun d'eux, avide d'avoir raison, lui ingurgitent du potage mélangé avec du vin, cependant que l'infortuné, les dents obstinément serrées, oppose une héroïque défense.

MADAME BOULINGRIN. – Est-il bête !

BOULINGRIN. – C'est curieux, cette obstination ! Puisque je vous dis que vous êtes fichu d'en claquer !

MADAME BOULINGRIN (*à son mari*). – Dis donc, quand tu auras fini de gaver M. des Rillettes !… Est-ce que tu le prends pour une volaille ?

BOULINGRIN. – Et toi, le prends-tu pour une éponge ?

MADAME BOULINGRIN. – Saleté !

BOULINGRIN. – Gueuse !

MADAME BOULINGRIN. – Peste !

BOULINGRIN. – Choléra !… Et puis, tiens !

De sa main lancée avec violence, il envoie à madame Boulingrin le contenu de son assiette.

DES RILLETTES (*qui a tout reçu*). – Oh !

BOULINGRIN (*s'excusant*). – Pardon ! simple inadvertance.

MADAME BOULINGRIN (*folle de rage*). – Goujat ! Ignoble personnage ! Tiens !

DES RILLETTES (*ruisselant d'eau rougie*). – Ah !

MADAME BOULINGRIN. – Excusez. C'est bien sans l'avoir fait exprès. Là-dessus, nous allons en finir. C'est toi qui l'auras voulu.

Elle tire de sa poche un revolver.

BOULINGRIN (*terrifié*). – À moi ! Au secours !

Il se réfugie derrière des Rillettes.

MADAME BOULINGRIN. – Tu vas mourir !

DES RILLETTES (*à Boulingrin qui s'est fait de lui un paravent*). – Ah non, eh !… Lâchez-moi ! Pas de blagues !

BOULINGRIN (*au comble de l'effroi*). – Ne bougez pas, bon sang de bonsoir !

Les Boulingrin, mise en scène de 1972 de Jean Meyer, avec Jean Richard, Jacqueline Jefford et Jean Meyer au théâtre de Cachan. Décor de Suzanne Lalique.

MADAME BOULINGRIN (*ajustant*). – Ôtez-vous, monsieur des Rillettes !

BOULINGRIN. – Non ! Non !

MADAME BOULINGRIN. – Ôtez-vous de là. Je tire !

BOULINGRIN. – Restez ! Je suis un homme perdu. Je la connais, elle est capable de tout ! Protégez-moi, monsieur des Rillettes ! C'est à ma vie qu'elle en a !… Ah ! la misérable ! la gueuse ! Au secours ! Au secours !

Madame Boulingrin. – Ah ! c'est comme ça ? Vous ne voulez pas vous retirer ? Eh bien ! tant pis pour vous si vous y laissez votre peau ! Il faut que ça finisse ! Il faut que ça finisse ! La mesure est comble ! Gare l'obus !

Des Rillettes. – Monsieur Boulingrin, par pitié !… Madame Boulingrin, je vous en prie !… je ne veux pas mourir encore ! Quelle sale inspiration j'ai eue de venir passer la soirée !…

Tumulte. Les trois personnages hurlent à l'unisson.

Boulingrin (*brusquement*). – Oh ! Quelle idée !… (*Il souffle la lampe.*) Vise-moi donc, maintenant !…

Nuit complète sur la scène, de même que dans la salle, et, du sein de ces ténèbres profondes, surgissent, en hurlements, les phrases suivantes :

La voix de Boulingrin. – Ah ! tu voulais m'assassiner ?… Pif !

La voix de des Rillettes. – Oh !

La voix de Madame Boulingrin. – À mon tour… Paf !

La voix de des Rillettes. – Ah !

Tumulte nocturne. On entend : « Canaille ! Crapule ! Poison ! Escroc ! » et le bruit de quatre nouvelles gifles, que l'infortuné des Rillettes reçoit, non sans protestations, les unes après les autres.

La voix de Madame Boulingrin. – Et puis, feu !

Coup de pistolet.

La voix de des Rillettes (*éploré*). – Une balle dans le gras !!!

La voix de Boulingrin. – Ah ! tu tires ? Eh bien ! je casse la glace.

La voix de Madame Boulingrin. – Ah ! tu casses la glace ? Eh bien ! je casse la pendule.

La voix de Boulingrin. – Ah ! tu casses la pendule ! Eh bien ! je casse tout.

Des meubles culbutés s'écroulent.

La voix de Madame Boulingrin. – Ah ! tu casses tout ? Eh bien ! je mets le feu.

Galopades, hurlements.

La voix de des Rillettes. – Faites donc attention, nom de Dieu ! Vous me marchez sur la figure !

La voix de Boulingrin. – Chamelle !

La voix de Madame Boulingrin. – Enfant de coquine !

La voix de Boulingrin. – Fille de voleur !

La voix de Madame Boulingrin. – Gredin !

Des Rillettes soupire douloureusement et geint. Soudain, par les portes ouvertes, du fond et des côtés, c'est la lueur rouge de l'incendie. La scène s'éclaire d'une teinte de sang.

Des Rillettes (*affolé*). – L'incendie ! ! ! Au feu ! Au feu !

Il se précipite vers le fond ; mais, juste comme il va sortir, survient Félicie, un seau d'eau à la main, accourue pour porter secours.

FÉLICIE. – Le feu ?… Voilà !

Elle lance le contenu de son seau à toute volée.

DES RILLETTES (*inondé des pieds à la tête*). – Charmante soirée !

La scène s'achève dans le vacarme assourdissant d'une maison livrée à des fous, cependant qu'au dehors la pompe, qui se rapproche au grand galop de son attelage, meugle lugubrement deux notes, toujours les mêmes.

Puis :

BOULINGRIN (*brusquement apparu sur le seuil de la pièce et qui se détache en noir sur la clarté d'un feu de Bengale*). – Ne vous en allez pas, monsieur des Rillettes. Vous allez boire un verre de champagne.

Georges Courteline, *Les Boulingrin*, 1898.

Questions

Repérer et analyser

L'enchaînement des scènes

1 **a.** Quel personnage est revenu sur scène à la scène 5 ? Retrouvez dans les scènes précédentes le moment où il était sorti et pour quelle raison.
b. Quel accessoire ce personnage a-t-il à la main ? Quel est le rôle de cet accessoire ?

2 En quoi l'apparition de ce personnage relance-t-elle l'action ?

3 Quel personnage sort à la fin de la scène 5 ? Pourquoi ?

L'action

4 **a.** Quel nouveau traitement les Boulingrin infligent-ils à des Rillettes ? Réussissent-ils à aller jusqu'au bout de leur entreprise ?
b. Relevez le passage qui montre que des Rillettes cherche à partir. Pour quelle raison ne le fait-il pas ?
c. Montrez que les Boulingrin prennent des Rillettes à témoin de leur mésentente. De quoi chacun se plaint-il ? Citez le texte.

5 Le dénouement

> Le dénouement est l'événement qui met un terme à l'action.

a. Quel événement met fin à l'action ?
b. L'action paraît-elle terminée pour autant ? Justifiez votre réponse.

Le comique de gestes

La gestuelle

6 **a.** De quelle façon le couple Boulingrin s'y prend-il pour faire boire des Rillettes ?
Appuyez-vous sur les didascalies lignes 81 à 84.
b. Repérez la posture physique qui marque le refus et l'obstination de des Rillettes. En quoi cette gestuelle relève-t-elle du mime ?

7 **a.** Montrez que le comique de la dispute entre les deux époux (l. 96 à 102) repose sur des gestes symétriques.

b. Les époux ont-ils chacun atteint leur cible ? En quoi ce comique de gestes se double-t-il d'un comique de situation ? Qui est la victime ?

c. En quoi peut-on qualifier ce jeu scénique de comique de farce ?

8 Relisez les répliques des lignes 146 à 154.

a. Relevez les gestes symétriques des personnages. À quel jeu scénique le spectateur assiste-t-il ?

b. En quoi le comique de gestes se double-t-il d'un comique de mots et conduit-il à une surenchère de la violence ?

La poursuite (l. 106 à 161 scène 7)

9 **a.** Quelle est la réaction de Mme Boulingrin ? Quel est l'effet produit sur le spectateur ?

b. Que fait Boulingrin pour se protéger de sa femme ? Le spectateur peut-il penser que la pièce bascule dans le tragique ? Justifiez votre réponse.

c. En vous appuyant sur les didascalies et les répliques, montrez que les personnages se livrent à une poursuite.

d. À quel moment la poursuite prend-elle fin ? Pourquoi ? Montrez que l'ensemble relève de la farce.

Les jeux de scènes

Les jeux de scènes (décor, bruitage, éclairage, déclamation…) sont une composante du langage théâtral. Ils peuvent participer au comique (lumières qui s'éteignent, bruits insolites, soupirs…).

10 **a.** Repérez dans le texte l'instant où la scène bascule dans l'obscurité. Comment le spectateur peut-il s'imaginer ce qui se passe sur la scène ?

b. Quelle peut être sa réaction lorsqu'il entend sans le voir le « coup de pistolet » (l. 144) ?

11 Quelle est l'origine de la lumière qui vient éclairer la scène à la fin de la pièce (l. 162 à 164) ?

Sur quel jeu d'ombre et de lumière le rideau tombe-t-il ? Quel est l'effet produit ?

12 Le tumulte, la cacophonie

Brouhaha, tumulte, agitation, confusion sont des procédés comiques qui créent une atmosphère et une agitation bouffonne suscitant le rire. La cacophonie est le mélange confus de plusieurs bruits, de plusieurs voix (tintamarre, vacarme).

a. Relisez le texte des lignes 128 à la fin de la scène. Repérez les didascalies qui montrent que les personnages se livrent à une lutte physique.
b. En prenant en compte les onomatopées et la didascalie (l. 135 à 142), comptez les claques reçues par des Rillettes.
c. Relevez les notations de bruits qui montrent que le vacarme est à son comble.
d. Quelle notation sonore renvoie les personnages à l'animalité ? En quoi cette notation entraîne-t-elle la pièce dans une cacophonie burlesque ?

Le comique de mots

Les injures

13 **a.** Relevez les insultes de la ligne 91 à 95. Montrez que l'une appelle l'autre. Quel est l'effet produit sur le spectateur ?
b. Relevez dans les lignes 158 à 161 une injure adressée à Mme Boulingrin habituellement employée au masculin. Quel est l'effet produit sur le spectateur ?

L'absurde

Une des formes de comique consiste à créer un effet de non-sens en instituant un rapport entre deux éléments ou deux situations qui n'ont aucun lien entre eux.

14 « C'est curieux, cette obstination ! Puisque je vous dis que vous êtes fichu d'en claquer ! » (l. 86-87) : en quoi cette phrase est-elle absurde ? Quel est l'effet produit ?

La parodie (scène 6)

La parodie est une imitation caricaturale.

15 Relisez les lignes 31 à 54.
a. Relevez une ou deux expressions qui appartiennent au registre soutenu de la tragédie. Montrez que dans la même réplique, parfois dans la même phrase, le personnage utilise des termes appartenant au registre familier.

b. En quoi le mélange des deux registres de langue suscite-t-il le rire et fait apparaître le ton caricatural propre à la parodie ?

Le comique de situation

La réaction inattendue

Une autre forme de comique peut être créée par la réaction inattendue d'un personnage déjà sur la scène qui prononce un mot ou une phrase faisant sursauter son ou ses interlocuteurs.

16 Quelle image Mme Boulingrin a-t-elle jusque-là donné d'elle-même ? Sous quel nouveau jour apparaît-elle dans les lignes 16 à 30 ? D'où vient le comique ?

17 Relisez les lignes 31 à 66.

a. Quelle stratégie Mme Boulingrin met-elle en place pour convaincre des Rillettes de l'enlever ?

b. Jusqu'où va-t-elle pour le persuader que son mari la bat ? En quoi la situation dans laquelle se retrouve des Rillettes est-elle comique ?

18 Relisez la fin de la pièce.

a. Montrez que des Rillettes se trouve une nouvelle fois dans une situation ridicule. Citez la didascalie.

b. Relevez la dernière didascalie de la pièce. À quel type de personnage s'apparente Boulingrin dont on voit l'ombre « *qui se détache en noir sur la clarté d'un feu de Bengale* ». Sur quel tableau le rideau se baisse-t-il ?

La visée

19 Récapitulez les principaux éléments qui font de cette pièce une pièce comique.

20 Cherchez dans la scène 4 une réplique similaire à la dernière réplique de Boulingrin. En quoi cette réplique permet-elle à la pièce de recommencer ?

21 **a.** Le spectateur peut-il comprendre que la relation conjugale des Boulingrin est de nature conflictuelle ?

b. Quelle image donne-t-il du couple ?

Se documenter

Le comique de gestes et de mouvements

Au théâtre, le mouvement ne résulte pas seulement de l'abondance des péripéties et du va-et-vient des personnages. La forme de comique la plus essentiellement théâtrale est le comique de gestes : il découle de la définition même du spectacle dramatique, qui est une action exécutée sous forme d'imitation devant les spectateurs. Qui dit action dit geste.

Georges Feydeau en avait pleinement conscience lorsqu'il écrit :

> « Lorsque je suis devant mon papier, et dans le jeu du travail, je n'analyse pas mes héros, je les regarde agir, je les entends parler… ils sont pour moi des êtres concrets ; leur image se fixe dans ma mémoire, et non seulement leur silhouette, mais le souvenir du moment où ils sont entrés en scène, et de la porte qui leur a donné accès. Je possède ma pièce comme un joueur d'échecs son damier ; j'ai présentes à l'esprit les positions successives que les pions (ce sont mes personnages) y ont occupées. En d'autres termes, je me rends compte de leurs évolutions simultanées et successives. Elles se ramènent à un certain nombre de mouvements. Et vous n'ignorez pas que le mouvement est la condition essentielle du théâtre et par la suite… le principal don du dramaturge. »

Propos recueillis par Adolphe Brisson,
in Portraits intimes, tome 5, Paris, Colin, 1901.

Lire et comparer

Les couples désunis : Courteline et Ionesco

Comme dans *Les Boulingrin*, Eugène Ionesco met en scène dans *La Cantatrice Chauve* un couple désuni. Les Smith et les Martin sont deux couples qui s'ennuient et qui échangent des propos sans signification. À la fin de la pièce, les personnages finissent par se lancer des mots « à la figure ». Dans les deux pièces, le dénouement se déroule dans la même cacophonie : au langage traditionnel de Courteline se substitue l'absurdité des répliques des personnages de Ionesco.

La Cantatrice Chauve, scène XI

Mme MARTIN : De l'ail à l'eau, du lait à l'ail !

Mme SMITH, *imitant le train* : Teuff, teuff, teuff, teuff, teuff, teuff, teuff, teuff, teuff, teuff, teuff !

M. SMITH : C'est !

Mme MARTIN : Pas !

M. MARTIN : Par !

Mme SMITH : Là !

M. SMITH : C'est !

Mme MARTIN : Par !

M. MARTIN : I !

Mme SMITH : Ci !

Tous ensemble, au comble de la fureur, ils hurlent les uns aux oreilles des autres. La lumière s'est éteinte. Dans l'obscurité on entend sur un rythme de plus en plus rapide :

TOUS ENSEMBLE : C'est pas par là, c'est par ici, c'est pas par là, c'est par ici, c'est pas par là, c'est par ici, c'est pas par là, c'est par ici, c'est pas par là, c'est par ici !

Les paroles cessent brusquement. De nouveau, lumière. M. et Mme Martin sont assis comme les Smith au début de la pièce. La pièce recommence avec les Martin, qui disent exactement les répliques des Smith dans la première scène, tandis que le rideau se ferme doucement.

Eugène Ionesco,
La Cantatrice Chauve, 1949

22 Quel jeu de lumière est repris à l'identique dans les deux pièces ?
23 Dans quelle scène de la pièce de Courteline retrouve-t-on le parlé ensemble ?
24 Relevez la réplique de Boulingrin et la didascalie finale de La Cantatrice Chauve qui montrent que les pièces peuvent recommencer.

Georges Courteline

Le commissaire est bon enfant

Le commissaire est bon enfant, mise en scène de Andonis Vouyoucas, le 5 mars 1987 au théâtre de Châtillon, avec Jacques Germain, Danièle Stefan et Ivan Romeuf.

Introduction

Gymnase, 16 décembre 1899
Théâtre Antoine, 9 février 1900

Les personnages

	Gymnase	Théâtre Antoine
	MM.	MM.
Le commissaire	Matrat	Janvier
Floche	Munié	Gémier
Breloc	G. Dubosc	Antoine
un Monsieur	Frédal	Jarrier
L'Agent La Grenaille	Boudier	Saverne
L'Agent Carrigou	Lebégenski	Noizeux
M. Punez	Moreau	Verse
	Mme	Mme
Madame Floche	Marthe Allex	Ellen Andrée

La scène représente le cabinet d'un commissaire de police. À droite, une fenêtre praticable. À gauche, petite porte donnant sur un cabinet noir où sont les provisions de combustible pour l'hiver. Au fond, une porte à deux battants. Au fond aussi, mais un peu vers la gauche, une cheminée avec du feu.

Questions

Repérer et analyser

Le titre et la didascalie initiale (liste des personnages)

1 Dans quels théâtres la pièce a-t-elle été jouée à ses débuts ?

2 La distribution

On parle de la distribution d'une pièce pour évoquer l'ensemble des acteurs qui l'interprètent.

La distribution a-t-elle été la même lors de ces différentes représentations ?

3 Classez les personnages selon qu'ils sont désignés par leur nom, leur fonction, leur nom et leur fonction.

4 **a.** D'après le titre de la pièce et la présence de certains personnages, dans quel univers l'action va-t-elle se dérouler ?

b. Que signifie l'expression « être bon enfant » ? Quel type de commissaire le spectateur s'attend-il à voir sur scène ?

Le décor et ses fonctions

5 Relisez la didascalie de décor.

a. Dans quel lieu l'action se déroule-t-elle ? Quel est le décor de la pièce ?

b. Où est placé le bureau par rapport au spectateur ? Quel est l'intérêt de cette disposition ?

c. Quels sont les autres meubles ou objets qui figurent dans ce décor ? Citez-en quelques-uns.

d. Au lever du rideau, le spectateur sait-il ce qui se cache derrière « la petite porte donnant sur un cabinet noir » ? Que peut-il imaginer ?

e. Quelle atmosphère se dégage de ce décor ?

Scène première

Le Commissaire, un Monsieur

Le Commissaire, *assis à son bureau.* – N'insistez donc pas, sacrebleu ! Je n'ai pas que vous à entendre.

Le Monsieur. – Vous pouvez bien m'autoriser à porter une arme sur moi !

Le Commissaire. – Non.

Le Monsieur. – Qu'est-ce que ça vous fait ?

Le Commissaire. – Ça me fait que je ne le veux pas.

Le Monsieur. – Le quartier n'est pas sûr. Il est infesté de souteneurs qui bataillent entre eux toute la nuit et attaquent les passants pour les dévaliser. Or, la profession que j'exerce m'oblige à rentrer tard chez moi.

Le Commissaire. – Exercez-en une autre.

Le Monsieur. – Je veux bien. Trouvez-m'en une.

Le Commissaire. – Vous voulez rire, j'imagine. Est-ce que vous vous croyez dans un bureau de placement ?

Le Monsieur. – Et si on m'attaque, moi, cette nuit ?

Le Commissaire. – Vous viendrez me le dire demain.

Le Monsieur. – Et alors ?

Le Commissaire. – Alors, mais seulement alors, je vous autoriserai à sortir avec un revolver sur vous.

Le Monsieur. – En sorte que j'aurai le droit de défendre ma peau après qu'on me l'aura crevée ?

Le Commissaire. – Oui.

Le Monsieur. – Charmant !

LE COMMISSAIRE. – En voilà assez. Aux ordres du gouvernement que j'ai l'honneur de servir, je suis ici pour expliquer les lois et non, comme vous semblez le croire, pour en discuter la sagesse. Si vous n'êtes pas content de nos institutions, changez-les.

LE MONSIEUR. – Si ça tenait à moi !...

LE COMMISSAIRE. – Hein ? Quoi !... Un mot de plus, je vous fais empoigner ! A-t-on idée d'un ostrogoth pareil, qui vient semer la perturbation et faire le révolutionnaire jusque dans le commissariat !... Vous avez de la chance que je sois bon enfant. (*Le monsieur veut parler.*) En voilà assez, je vous dis ! Fichez-moi le camp, et que ça ne traîne pas, ou je vais vous faire voir de quel bois je me chauffe. Allez, allez !

Sortie hâtive et épouvantée du monsieur.

LE COMMISSAIRE, *seul.* – J'aurai l'œil sur cet anarchiste.

Le commissaire revient prendre, à sa table, la place qu'il y occupait au lever du rideau, attire à lui la pile de dossiers constituant le courrier du matin, et, rapidement, d'un coup d'œil, il se renseigne sur la nature des affaires soumises à son arbitrage. – À la fin, geste impatienté. Il sonne. Un agent apparaît.

LE COMMISSAIRE. – Priez M. Punèz de venir me parler.

Sortie du gardien de la paix, et, presque aussitôt, apparition de M. Punèz. Celui-ci est un homme d'une cinquantaine d'années, chétif, craintif, d'une misère brossée lamentable. Il ôte la toque de drap qui lui protégeait le chef, et s'avance en multipliant de très humbles salutations.

Scène 2

Le Commissaire, Monsieur Punèz

Le Commissaire, – Bonjour, monsieur Punèz. Dites-moi, monsieur Punèz, savez-vous bien que votre service est fait comme par un cochon et que, si cela doit continuer, je me verrai contraint de demander au préfet votre révocation ou votre déplacement ? Cent fois, monsieur Punèz, cent fois, je vous ai ordonné de procéder le matin à un travail d'élimination de nature à simplifier le mien et à désencombrer, du coup, ma tâche, ma table et ma pensée. Mais ouat ! Je vous aurais chanté *Femme sensible* sur l'air de *M. Malbrough*, que le résultat serait le même. Voyez-moi plutôt ce courrier ! (*Il prend une pièce au hasard de la main.*) « Plainte d'une servante contre son maître qui aurait tenté d'abuser d'elle. » Qu'est-ce que j'ai à voir là-dedans ? Pas de suite à donner. Enlevez ! (*Passant à une autre.*) Et ça !... « Plainte d'un particulier contre un cocher de fiacre qui l'aurait traité de pourriture ! » Je m'en bats l'œil ; est-ce que ça me regarde ?... Enlevez ! (*Passant à une autre.*) Bon ! voilà un concierge qui a l'oreille paresseuse et un locataire qui se plaint d'être resté deux heures à sa porte, sous la pluie !... Qu'il s'en prenne au propriétaire. Espère-t-il que j'irai lui tirer le cordon ?... Enlevez ! (*Passant à une autre.*) Et cette cuisinière qui réclame huit jours de gages ! Affaire de justice de paix. Enlevez encore ! Et cela aussi ! Et cela de même ! – En vérité, monsieur Punèz, je pense que vous êtes absorbé par l'amour ou que j'ai trop auguré de votre intelligence. Il faut en finir. Taisez-vous ! Je veux bien être bon enfant, mais j'entends ne pas être dupe. Que ce mot vous serve de leçon ! C'est d'ailleurs la dernière que vous recevrez de moi ; vous pouvez vous le tenir pour dit. Je vous salue, monsieur Punèz.

MONSIEUR PUNÈZ, *humble et souriant*. – Je suis d'origine espagnole. Mon nom se prononce Pougnèze.

Il salue jusqu'à terre et sort.

Le commissaire est bon enfant,
mise en scène de Jean-Pierre Roussillon à la Comédie Française en 1966.
Avec Michel Aumont et Jean-Louis Jemma. Décor de Sempé.

Questions

Repérer et analyser

L'exposition en action

Au théâtre, les premières scènes sont destinées à donner au public les informations nécessaires à la compréhension de l'intrigue. Mais l'auteur peut choisir, notamment lorsque les pièces sont courtes, une entrée directe dans l'action.

1 Qui sont les personnages présents sur scène à l'ouverture de la pièce ?
Quelle réplique du Commissaire permet de penser que la conversation a commencé avant le lever du rideau ?

2 **a.** Quel est le sujet de la discussion ? Sur quel ton échangent-ils leurs propos ?
b. Que signifie l'expression « être bon enfant » ? Quel type de commissaire le spectateur s'attend-il à voir sur scène ?

Le comique

Le comique de caractère : le personnage du commissaire

3 **a.** Quel type de policier Courteline met-il en scène par l'intermédiaire de son personnage ?
Pour répondre, relevez les répliques qui montrent :
- son autoritarisme (l. 5 et 25 à 29) ;
- sa stupidité (l. 12, 17 et 39) ;
- son niveau de langage (l. 36-37).

En quoi ce portrait s'apparente-t-il à une caricature ?
b. Quels types de phrases, quelles expressions traduisent sa tyrannie et son impatience à être obéi ? Relevez les didascalies qui confirment cet aspect du personnage.

4 Énumérez les différentes plaintes que le commissaire découvre sur son bureau.
a. De quelle façon le commissaire traite-t-il les dossiers ? Appuyez-vous sur les différentes reprises du verbe « Enlevez ! ».
b. En quoi ce comportement révèle-t-il à la fois l'incompétence du personnage et son autoritarisme ?

L'absurdité comique

Le raisonnement absurde est fondé sur une proposition qui échappe à toute logique.
Il repose sur une inversion du sens commun, contraire au bon sens.

5 Quelles circonstances conduisent le monsieur à vouloir posséder une arme ?
Relevez la réponse du commissaire. En quoi est-elle absurde ?
Quel est l'effet produit sur le spectateur ?

6 « Vous avez de la chance que je sois bon enfant » (l. 34-35) : en quoi cette affirmation du commissaire est-elle en complète opposition avec les décisions qu'il a prises envers le Monsieur ? Cette contradiction peut-elle être qualifiée d'absurde ?

Le comique de mots (scène 2)

7 **a.** Sur quel ton le commissaire parle-t-il à M. Punèz ? Identifiez son niveau de langage. Appuyez-vous sur des exemples précis.
b. Quel est l'effet produit par le décalage entre le langage administratif et le langage populaire ?

8 Par quel jeu orthographique, Courteline dissimule à première vue le mot qui se cache derrière le nom de M. Punèz ? Comment le commissaire prononce-t-il ce nom ? En quoi cette prononciation conduit-elle à ridiculiser le personnage ?

Le comique de situation (scène 2)

9 **a.** En vous appuyant sur la didascalie de présentation du personnage montrez que la tenue et la gestuelle de M. Punèz témoignent d'une soumission complète à son supérieur hiérarchique.
b. Par quels arguments le commissaire accuse-t-il M. Punèz d'être le responsable de la situation (l. 73 à 75) ? Relevez le terme qui indique sa tentative de défense. Le commissaire lui en laisse-t-il le temps ?
c. Quel est l'effet produit par le rapport d'autorité entre les deux personnages ?

10 Une nouvelle fois, le commissaire affirme « Je veux bien être bon enfant » (l. 75) : en quoi cette phrase est-elle comique ?

11 **a.** De quelle manière l'agent de la paix met-il un terme à la situation embarrassante dans laquelle il se trouve ?
b. A-t-il été humilié ? Appuyez-vous sur la didascalie pour répondre.

La visée satirique

La satire est une critique moqueuse

12 Pourquoi le personnage du monsieur dans la scène 1 n'est-il pas désigné par un patronyme ? Quel type de situation l'auteur évoque-t-il à travers ce personnage anonyme ?
13 Quelle image Courteline donne-t-il du commissaire ? De M. Punèz ? De quelle institution l'auteur fait-il la satire ? Quelles critiques émet-il ?

Se documenter

Le portrait du commissaire

Georges Courteline a dressé le portrait du commissaire dans un grand souci de réalisme. Nous en avons la preuve écrite dans cette lettre qu'il adressait à son ami un jour de 1899. Le commissaire, Albert Michaud, était en effet commissaire de police à Gentilly, et l'auteur, pour se documenter, lui demande :

> « J'ai besoin pour en faire de la littérature de voir le défilé devant le commissariat de police des gens qui viennent d'être arrêtés et d'assister à l'interrogatoire que ce magistrat leur fait subir avant de les envoyer au dépôt. Pourrais-tu et voudrais-tu me permettre de voir ça à tes côtés… tu serais mille fois gentil de me faire savoir combien de fois par jour et à quelles heures tu passes la revue de ta clientèle. »

L'auteur a donc assisté à cette petite revue. Doit-on croire que tous les commissaires sont ainsi en 1899 ? Certes non, Courteline a voulu faire une caricature dans laquelle il a réuni tous les défauts que l'on pouvait rencontrer chez un officier de police : s'il est parti du réalisme, il s'en est peu à peu écarté pour lancer une critique acerbe contre l'absurdité des règlements, contre la bêtise et la suffisance des fonctionnaires chargés de les interpréter…

Pierre Bornecque, *Le Théâtre de Georges Courteline*.

Scène 3

LE COMMISSAIRE, *puis* UN AGENT, *puis* UNE DAME

Le commissaire se remet au travail un instant, puis, de nouveau, fait jouer son timbre. Nouvelle apparition de l'agent déjà vu.

LE COMMISSAIRE. – Au suivant.

L'agent sort.

LE COMMISSAIRE, *se levant.* – Ce feu ne va pas ! C'est une Sibérie, ici !

Il se rend au placard de gauche, y prend une pelletée de charbon de terre dont il alimente son foyer. À ce moment, entrée d'une dame.

LA DAME – Le commissaire ?

LE COMMISSAIRE, *sa pelle à la main.* – C'est moi.

LA DAME. – J'ai à me plaindre…

LE COMMISSAIRE, *très affirmatif.* – De votre mari.

LA DAME. – Précisément.

LE COMMISSAIRE. – Vous voyez que je suis tombé juste. Eh bien, madame, je ne puis rien pour vous. J'ai le regret de vous l'apprendre, mais j'en ai également le devoir.

LA DAME. – Monsieur…

Elle va pour prendre une chaise.

Le commissaire est bon enfant
à la Comédie Française, en 1951, avec Robert Manuel et Denise Gence.

LE COMMISSAIRE. – Ne vous asseyez pas, madame ; c'est inutile. Vous allez perdre votre temps et me faire perdre le mien. C'est curieux, ce parti pris, chez les trois quarts des femmes, de considérer le commissaire pour un raccommodeur de ménages cassés ! Madame, les petites querelles d'intérieur ne sont pas de la compétence du commissaire de police. Sorti des flagrants délits d'adultère, le commissaire ne doit, ne peut intervenir qu'en cas d'entretien de concubine au domicile conjugal. Est-ce le cas de votre mari ?

LA DAME. – Monsieur…

LE COMMISSAIRE. – Oh ! pas de paroles inutiles, je vous en prie ! C'est oui ou non.

LA DAME. – Mais…

LE COMMISSAIRE. – Si c'est oui, déposez une plainte au parquet, qui me transmettra des instructions. Si c'est non, votre démarche est nulle et non avenue, et vous pouvez vous retirer.

LA DAME. – Mon mari ne me trompe pas.

LE COMMISSAIRE. – Alors quoi ? Il vous bat ? En ce cas, madame, faites constater le fait par témoins, introduisez une instance en divorce, et les juges vous donneront gain de cause. Je vous répète que les femmes ont la rage de s'emparer du commissaire et de le mettre à toutes les sauces. Que diable, soyez raisonnable ! S'il me fallait intervenir, la branche d'olivier à la main, dans tous les salons où l'on se cogne, il me faudrait soixante jours au mois et quarante heures à la journée.

LA DAME. – Eh ! monsieur le commissaire, ce n'est pas de cela qu'il s'agit, mon mari ne me bat pas plus qu'il ne me trompe.

LE COMMISSAIRE. – Non ? Je parie qu'il est fou !

LA DAME. – C'est vrai.

LE COMMISSAIRE, *souriant*. – Vous me rendrez cette justice que j'ai plutôt l'air d'un monsieur connaissant les choses dont il parle.

LA DAME. – Comment avez-vous pu deviner ?...

LE COMMISSAIRE. – J'ai tellement l'habitude de ces sortes de choses !... Mais votre histoire, ma chère dame, je la connais depuis A jusqu'à Z, et, des visites comme la vôtre, j'en reçois jusqu'à dix par jour ! Voulez-vous un conseil ?... un bon ? (*La dame fait un signe de tête affirmatif et s'assied.*) Rentrez donc tranquillement chez vous préparer votre déjeuner. Votre mari n'est pas plus fou que moi.

LA DAME. – Il est fou à lier.

LE COMMISSAIRE. – Non.

LA DAME. – Si.

LE COMMISSAIRE. – Non. Est-ce qu'il se saoule, votre mari ?

La Dame. – Du tout.

Le Commissaire. – Avez-vous connaissance qu'il ait eu la fièvre typhoïde ou qu'il ait reçu un coup de soleil ?

La Dame. – Aucun souvenir.

Le Commissaire. – Appartient-il à une famille d'alcooliques, d'épileptiques ou d'aliénés ?

La Dame. – Je ne crois pas.

Le Commissaire. – Eh bien !

La Dame. – Eh bien, quoi ? C'est une raison, parce qu'il n'y a pas de fou chez lui, pour qu'il n'y en ait pas un chez moi ?

Le Commissaire. – Permettez !

La Dame. – Il ne boit pas !… Après ? Cela empêche-t-il qu'il ne fasse rien comme personne, qu'il ne tienne des discours auxquels on ne comprend goutte, et qu'il n'accomplisse des actions sans devant ni derrière, autant dire ?

Le Commissaire. – Quels discours ? Quelles actions ?

La Dame. – Comment, quelles actions !… Et les nuits, les nuits blanches que je passe à l'écouter causer tout seul, combiner je ne sais quoi, menacer je ne sais qui, ruminer des heures entières !… sans parler des moments où il saute du lit, en chemise, le revolver au poing, en criant : « Je brûle la figure au premier qui touche à ma femme ! » C'est naturel, ça, peut-être ?

Le Commissaire. – Il est jaloux.

La Dame. – Jaloux.

Le Commissaire. – Oui.

La Dame. – C'est facile à dire. Je voudrais bien savoir si c'est par jalousie qu'il s'enferme dans les cabinets pendant des fois deux et trois heures pour déclamer tout haut contre la société, hurler que l'univers entier a une araignée dans le plafond, une punaise dans le bois de lit, et un rat dans la contrebasse.

LE COMMISSAIRE, *amusé*. – Il dit que l'univers entier a un rat dans la contrebasse ?

LA DAME. – Parfaitement ! Il voit des fous partout, monsieur ! Et avec ça, notez qu'il ne fait plus un pas sans hurler : « Une, deux ! » à tue-tête sous prétexte de se développer les pectoraux. Au point qu'il est devenu la risée du quartier et que les enfants lui donnent la chasse en criant à la chie-en-lit !...

LE COMMISSAIRE. – Vous exagérez.

LA DAME, *l'ongle aux dents*. – Pas de cela.

LE COMMISSAIRE, *haussant les épaules*. – Allons donc ! Mais si c'était vrai, il y a longtemps que les agents lui auraient mis la main dessus et l'auraient amené à mon commissariat pour scandale sur la voie publique.

Le commissaire est bon enfant, **mise en scène de Andonis Vouyoucas, le 5 mars 1987 au théâtre de Châtillon, avec Danièle Stefan et Ivan Romeuf.**

La Dame. – Les agents ne sont occupés qu'à dresser des contraventions aux marchandes des quatre-saisons.

Le Commissaire. – Les agents sont de braves gens, qui se conforment de leur mieux aux obligations de leur charge. Si vous êtes venue ici pour y exercer votre esprit caustique, vous vous êtes trompée d'adresse. Je suis bon enfant d'écouter vos sornettes ! Ne croyez pas que par-dessus le marché j'encaisserai vos impertinences. Pour en revenir à votre mari, vous voulez qu'il soit fou ? Vous le voulez à toute force ? Eh bien, c'est une affaire entendue ; il est fou. Après ?

La Dame. – Après ?

Le Commissaire. – Oui ; après ? Qu'est-ce que vous voulez que j'y fasse ?

La Dame. – Je supposais…

Le Commissaire. – Vous vous trompiez. Suis-je médecin-aliéniste et puis-je le guérir ? Non. Alors ?… Car il faut pourtant se décider à dire des choses raisonnables et à présenter les faits sous leur véritable jour. (*Mouvement de la dame.*) Madame, le cas de votre mari – puisque cas il y a, dites-vous – n'est pas du ressort du commissaire, mais de celui de l'Assistance Publique ; c'est donc, non à moi, mais à elle que vous devez faire part de vos craintes et adresser votre requête. Je m'empresse d'ajouter d'ailleurs, qu'à moins d'un miracle… improbable, il n'y sera donné aucune suite.

La Dame. – Parce que ?

Le Commissaire. – Il n'y a que les femmes pour poser des questions pareilles ! Parce que l'Assistance Publique n'est pas ce qu'un vain peuple pense et que les moyens dont elle dispose sont loin, bien loin d'être en rapport avec les charges qui lui incombent et sous lesquelles elle succombe.

LA DAME, *se levant.* – Eh bien, monsieur le commissaire, je dois vous avertir d'une chose : mon mari n'est encore dangereux que pour moi ; le moment n'est pas éloigné où il le deviendra pour tout le monde.

LE COMMISSAIRE. – Quand ce moment sera venu, madame, nous aviserons. En attendant, comme les asiles regorgent à la fois de pensionnaires et de demandes d'admission ; que je ne puis procéder d'office, sur la première requête venue, à la séquestration d'un homme dont l'exaltation cérébrale n'existe vraisemblablement que dans l'imagination de sa femme ; que je ne puis enfin, avec la meilleure volonté du monde, perdre une matinée tout entière à rabâcher les mêmes choses sans arriver à me faire comprendre, vous trouverez bon que nous en restions là.

Il se lève.

LA DAME. – Enfin, monsieur le commissaire…

LE COMMISSAIRE. – Vous avez une conversation charmante, pleine d'intérêt ; malheureusement, le devoir m'appelle, comme on dit dans les opéras. – Madame, au plaisir de vous revoir. Conseillez à votre mari le bromure, la marche et l'hydrothérapie. J'ai l'honneur de vous saluer.

Questions

Repérer et analyser

L'enchaînement des scènes

1 **a.** Quel est le personnage qui apparaît au début de la scène 3 ? En quoi permet-il d'assurer l'enchaînement avec la scène 2 ?
b. Quelle est la raison de son retour sur scène ?

La progression du dialogue

2 **a.** Quelle plainte la dame vient-elle exposer au commissariat ?
b. Quelle est la réponse du commissaire (l. 16 à 18) ?

3 Observez la longueur des répliques.
a. Qui parle le plus ?
b. Pour quelle raison le commissaire ne prend-t-il pas le temps d'écouter la plaignante ?
c. Le spectateur s'attendait-il à cette répartition de la parole ? Justifiez votre réponse.

4 Relevez les différents arguments du commissaire que la dame doit réfuter avant de pouvoir exposer son problème aux lignes 13 à 58.

5 **a.** Montrez qu'à partir de la ligne 62 la discussion tourne à un interrogatoire de police. Appuyez-vous pour répondre sur les types de phrases.
b. Relevez dans les lignes 19 à 73 les différentes tentatives d'intervention de la dame qui montrent qu'elle ne parvient pas à prendre la parole face au commissaire.
c. À partir de quelle réplique y a-t-il inversion ? Le personnage qui expose ses problèmes a-t-il pour autant le dessus sur l'autre personnage ? Justifiez votre réponse.

6 **a.** Quelle réplique exprime finalement l'objet de la visite de la dame ?
b. Quel ultime argument la dame met-elle en avant pour convaincre le commissaire de la folie de son mari (l. 136 à 139) ?
c. Le commissaire prend-il en compte cette information ?

Les personnages

Le personnage du commissaire

7 Quels principaux traits de caractère le commissaire révèle-t-il dans cette scène ?
Pour répondre, appuyez-vous :
- sur l'emploi répété du pronom personnel à la première personne ;
- sur les répliques dans lesquelles il parle de lui à la 3ᵉ personne ;
- sur les types de phrases qu'il utilise ;
- sur le champ lexical de la loi.

Le personnage de la dame

8 Quelle image la dame donne-t-elle d'elle-même au spectateur ? Quel type de femme représente-t-elle ?

Le comique

Comique et tragique

9 Quelle partie de la scène relève du registre tragique ? Quelle partie du registre comique ? Justifiez votre réponse. Quel est l'effet produit par ce mélange ? Quel registre domine ?

Le comique de situation

10 Expliquez la surprise de la dame lorsqu'elle arrive devant le commissaire (l. 11-12 scène 3). Relevez la didascalie et la réplique qui vous permettent de répondre.

11 **a.** Quelles sont les manifestations surprenantes de la folie du mari de la dame (l. 79 à 84) ?
b. À quel moment la représentation de la folie du mari devient-elle drôle ? Citez le passage.

Le comique de mots

12 **a.** Relevez les expressions appartenant au registre juridique lignes 26 à 28.
b. À quel autre registre de langue s'oppose-t-il ? Quel est l'effet produit ?

De l'allusion à la parodie

Courteline utilise fréquemment l'allusion littéraire, procédé qui consiste à emprunter aux grands écrivains une expression qu'il détourne du contexte.

13 Le commissaire a en mémoire le vers de Voltaire dans *Œdipe* : « Nos prêtres ne sont pas ce qu'un vain peuple pense… »
Relisez le passage : « Parce que l'Assistance publique n'est pas ce qu'un vain peuple pense et que les moyens dont elle dispose sont loin, bien loin d'être en rapport avec les charges qui lui incombent et sous lesquelles elle succombe » (l. 132 à 135).
Quel sens volontairement confus ce propos du commissaire revêt-il ? Quel jeu de mot permet cette confusion comique ? En quoi cette allusion littéraire permet la parodie du langage juridique ?

14 Analysez le raisonnement juridique formulé par le commissaire pour dissuader la dame d'enfermer son mari (l. 140 à 149). Montrez qu'il s'agit d'une parodie de raisonnement. Pour répondre :
- relevez les connecteurs logiques (outils de liaison) qui structurent le raisonnement ;
- relevez tous les arguments développés par le fonctionnaire de police pour démontrer qu'il ne peut pas procéder à l'enfermement du mari de la dame ;
- montrez que chaque argument n'a aucun rapport avec celui qui précède ;
- relevez la conclusion de l'argumentation.

En quoi ce raisonnement est-il source de comique ?

Les attentes du spectateur

15 À quelle suite le spectateur peut-il s'attendre à ce moment de la pièce ? En quoi l'image du commissaire se confirme-t-elle ?

Écrire

Écrire une courte scène

16 Imaginez une courte scène où un autre individu vient se plaindre auprès du commissaire. Vous imaginerez le sujet de la plainte et utiliserez certains procédés propres à Courteline comme le raisonnement juridique et l'allusion à certains vers de comédie ou de tragédie que vous avez gardés en mémoire.

Étudier la langue

Langage juridique et langage courant

17 Les expressions suivantes tirées de la scène 3 appartiennent au langage juridique. Remplacez-les par des expressions plus courantes.
- « sorti des flagrants délits d'adultère » (l. 26-27);
- « entretien de concubine au domicile conjugal » (l. 27-28);
- « votre démarche est nulle et non avenue » (l. 34-35);
- « scandale sur la voix publique » (l. 105);
- « se conformer aux obligations de leur charge » (l. 108-109);
- « adresser votre requête » (l. 127).

Lire et comparer

Le gendarme est sans pitié, Courteline

Si Georges Courteline a écrit *Le commissaire est bon enfant*, il a aussi écrit *Le gendarme est sans pitié*.
Cette pièce, créée au Théâtre Antoine le 27 janvier 1899, met en scène un gendarme dont la particularité est d'être intraitable avec le règlement qu'il applique avec un zèle proche de l'autoritarisme. Certains aspects de sa personnalité constatés par son supérieur hiérarchique, Boissonnade, ne sont pas sans rappeler le personnage du commissaire dans *Le commissaire est bon enfant*.

BOISSONNADE (*Avec un geste désespéré.*) – Encore ! (*Il lit.*) Procès verbal. Outrage à des représentants de la force publique dans l'exercice de leurs fonctions. Dans la nuit du 17 au 18 courant, étant de service, mon collègue Soufflure et moi, notre attention a été éveillée par le tumulte d'une dispute. Nous étant rendus sur les lieux, nous y avons trouvé le menuisier Lacaussade occupé à interpréter sa propriétaire à travers la porte cochère, sous prétexte que cette dernière refusait à la lui ouvrir. Aussitôt qu'il nous aperçut, le délinquant se porta au-devant de nous et nous harangua en ces termes : « Vous pouvez constater que cette vieille charogne refuse de m'ouvrir la porte; vous pouvez le constater vous-mêmes. » Il dit, puis d'une voix où le mépris le disputait à l'arrogance, il nous jeta ce mot : « des visus », voulant exprimer par là, non seulement que mon collègue et moi étions des visus – ce qui n'était pas vrai – mais encore que nous en étions l'espèce la plus inférieure, relégués au plus bas degré de l'échelle sociale, et de tout point incompatibles avec la magistrature dont nous sommes les assimilés. (*Consterné.*) Mais qu'est-ce que c'est que ça ?... Mais qu'est-ce que ça veut dire ?... Mais cet homme va devenir un danger public ! (*Il sonne. Apparition de l'huissier.*) Le gendarme ! (*Sortie de l'huissier et entrée du gendarme.*) Entrez donc, gendarme ! Eh bien, gendarme, que vous disais-je ? La plaisanterie continue. Il paraît que le sieur Lacaussade vous a qualifiés de visus, vous et votre collègue Soufflure ?

Le gendarme – Oui, monsieur le procureur.

Boissonnade – Savez-vous bien, mon brave, que je commence à me demander si vous jouissez de vos facultés, ou si vous vous bornez à vous moquer du monde ?

Le gendarme – Moi ?

Boissonnade – Des visus !!! Pardieu ! Voilà qui est comique... Simplement, sa propriétaire lui refusant l'accès d'une demeure qui est la sienne, il vous a invités, comme c'était son droit, à constater le flagrant délit, à le constater de visu, autrement dit : de vos propres yeux, par vous-mêmes !

Georges Courteline,
Le gendarme est sans pitié, 1899

18 Quelle erreur orthographique montre que le gendarme ne comprend pas le sens du mot « de visu » et qu'il le prend pour une insulte qui lui est proférée ?

19 Relevez d'autres incorrections de langage qui montrent le niveau d'instruction du personnage ? En quoi sont-elles comiques ?

20 Quels aspects de la personnalité du gendarme se retrouvent dans le commissaire ? En quoi peut-on rapprocher ces deux personnages ?

Scène 4

LE COMMISSAIRE, BRELOC

Au même moment où la dame disparaît.

UNE VOIX, *à la cantonade.* – Monsieur le commissaire !

LE COMMISSAIRE. – Vous demandez ?

LA VOIX. – Une audience, une courte audience.

LE COMMISSAIRE. – Si courte que cela ?

LA VOIX. – J'en ai pour une minute.

LE COMMISSAIRE. – Pas plus ?

LA VOIX. – À peine, monsieur.

LE COMMISSAIRE. – En ce cas…

Il s'efface. Apparition, sur le seuil de la porte, de Breloc, qui entre, se découvre et gagne le milieu du théâtre.

LE COMMISSAIRE. – Veuillez vous expliquer.

BRELOC. – Monsieur le commissaire, c'est bien simple. Je viens déposer entre vos mains une montre que j'ai trouvée cette nuit au coin du boulevard Saint-Michel et de la rue Monsieur-le-Prince.

LE COMMISSAIRE. – Une montre ?

BRELOC. – Une montre.

LE COMMISSAIRE. – Voyons.

BRELOC. – Voici.

Il tire de son gousset et remet au commissaire une montre que celui-ci examine longuement.

A la fin :

***Le commissaire est bon enfant*,**
mise en scène de Jean-Pierre Roussillon
en décembre 1966 à la Comédie Française,
Avec Michel Aumont et Jacques Charon.

Le Commissaire. – C'est une montre, en effet.

Breloc. – Oh ! il n'y a pas d'erreur.

Le Commissaire. – Je vous remercie.

Il va à sa table, fait jouer un tiroir et y enfouit la montre de Breloc.

Breloc. – Je puis me retirer ?

Le Commissaire, *l'arrêtant du geste.* – Pas encore.

Breloc. – Je suis un peu pressé.

Le Commissaire. – Je le regrette.

Breloc. – On m'attend.

Le Commissaire, *sec.* – On vous attendra.

Breloc, *un peu étonné.* – Ah ?

Le Commissaire. – Oui.

Breloc. – Mais…

Le Commissaire. – C'est bien. Un instant. Vous ne supposez pas, sans doute, que je vais recueillir cette montre de vos mains sans que vous m'ayez dit comment elle y est tombée.

Breloc. – J'ai eu l'honneur de vous expliquer tout à l'heure que je l'avais trouvée cette nuit au coin de la rue Monsieur-le-Prince et du boulevard Saint-Michel.

Le Commissaire. – J'entends bien ; mais où ?

Breloc. – Où ? Par terre.

Le Commissaire. – Sur le trottoir ?

Breloc. – Sur le trottoir.

Le Commissaire. – Voilà qui est extraordinaire. Le trottoir, ce n'est pas une place où mettre une montre.

Breloc. – Je vous ferai remarquer…

LE COMMISSAIRE. – Je vous dispense de toute remarque. J'ai la prétention de connaître mon métier. Au lieu de me donner des conseils, donnez-moi votre état civil.

BRELOC, *un commencement d'impatience dans la voix.* – Je m'appelle Breloc (Jean-Eustache). Je suis né à Pontoise, le 28 décembre 1861, de Pierre-Timoléon-Alphonse-Jean-Jaques-Alfred-Oscar Breloc et de Céleste Moucherol, son épouse.

LE COMMISSAIRE. – Où demeurez-vous ?

BRELOC. – Rue Pétrelle, 47, au premier au-dessus de l'entresol.

LE COMMISSAIRE, *après avoir pris note.* – Quelles sont vos ressources ?

BRELOC, *qui se monte peu à peu.* – J'ai vingt-cinq mille livres de rente, une ferme en Touraine, une chasse gardée en Beauce, six chiens, trois chats, une bourrique, onze lapins et un cochon d'Inde.

LE COMMISSAIRE. – Ça suffit ! – Quelle heure était-il quand vous avez trouvé cette montre ?

BRELOC. – Trois heures du matin.

LE COMMISSAIRE, *ironique.* – Pas plus ?

BRELOC. – Non.

LE COMMISSAIRE. – Vous me faites l'effet de mener une singulière existence.

BRELOC. – Je mène l'existence qui me plaît.

LE COMMISSAIRE. – Possible ; seulement, moi, j'ai le droit de me demander ce que vous pouviez fiche à trois heures du matin au coin de la rue Monsieur-le-Prince, vous qui dites habiter rue Pétrelle, 47.

BRELOC. – Comment, je *dis* ?

LE COMMISSAIRE. – Oui, vous le dites.

Breloc. – Je le dis parce que cela est.

Le Commissaire. – C'est ce qu'il faudra établir. En attendant, faites-moi le plaisir de répondre avec courtoisie aux questions que mes devoirs m'obligent à vous poser. Je vous demande ce que vous faisiez, à une heure aussi avancée de la nuit, dans un quartier qui n'est pas le vôtre.

Breloc. – Je revenais de chez ma maîtresse.

Le Commissaire. – Qu'est-ce qu'elle fait, votre maîtresse ?

Breloc. – C'est une femme mariée.

Le Commissaire. – À qui ?

Breloc. – À un pharmacien.

Le Commissaire. – Qui s'appelle ?

Breloc. – Ça ne vous regarde pas.

Le Commissaire. – C'est à moi que vous parlez ?

Breloc. – Je pense.

Le Commissaire. – Oh ! mais dites donc, mon garçon, vous allez changer de langage. Vous le prenez sur un ton qui ne me revient pas, contrairement à votre figure, qui me revient, elle !

Breloc. – Ah bah !

Le Commissaire. – Oui ; comme un souvenir. Vous n'avez jamais eu de condamnations ?

Breloc, *stupéfait*. – Et vous ?

Le Commissaire, *qui bondit*. – Vous êtes un insolent !

Breloc. – Vous êtes une foutue bête.

Le Commissaire. – Retirez cette parole !

Breloc. – Vous vous fichez de moi. Me prenez-vous pour un escroc ?

BRELOC. – Et puis j'en ai plein le dos, à la fin ; vous m'embêtez avec votre interrogatoire. A-t-on idée d'une chose pareille ? Je trouve dans la rue une montre ; je me détourne de mon chemin pour vous la rapporter, et voilà comment je suis reçu ! D'ailleurs, c'est bien fait pour moi ; ça m'apprendra à rendre service et me conduire en honnête homme.

LE COMMISSAIRE. – Ah ! c'est comme ça ? Eh bien attendez, mon gaillard, je vais vous apprendre à me parler avec les égards qui me sont dus ! En voilà encore, un voyou ! Est-ce que je vous connais, moi ? Est-ce que je sais qui vous êtes ? Vous dites habiter rue Pétrelle : rien ne me le prouve ! Vous dites vous nommer Breloc : je n'en sais rien. Et d'ailleurs, c'est bien simple, la question va être tranchée.

Le commissaire court à la porte, qu'il ouvre.

LE COMMISSAIRE. – Emparez-vous de cet homme-là, et collez-le-moi au violon !

BRELOC. – Ça, par exemple, c'est un comble !

L'AGENT. – Allez ! Allez ! Au bloc ! Et pas de rouspétance !

BRELOC, *emmené presque de force*. – Eh bien, que j'en trouve encore une !... que j'en trouve encore une, de montre !

Il disparaît.

Repérer et analyser

L'enchaînement des scènes

1 **a.** Quel personnage permet la continuité de l'action ?
b. Quel personnage quitte la scène ? Quel bruit vient des coulisses ? Qui entre ?

L'action

2 Quel est l'objet de la venue de Breloc ? Quel accueil le commissaire lui réserve-t-il ?
3 Relisez les lignes 37 à 87. Qu'apprend le spectateur :
- sur les lieux où a été trouvée la montre ;
- sur l'état civil de Breloc ;
- sur l'heure de la découverte de la montre ;
- sur les circonstances de sa présence sur les lieux où il a découvert la montre ;
- sur la vie privée de Breloc ?

Les relations entre les personnages

Breloc

4 Montrez que l'exaspération de Breloc se fait grandissante au fur et à mesure de l'interrogatoire.
a. Relevez la didascalie qui montre qu'il commence à s'impatienter. Quelles sont les raisons de cette impatience ?
b. Quels détails dans l'énumération de ses ressources montrent qu'il se moque du représentant de la loi (l. 61 à 64) ? En quoi est-ce drôle ?
c. Quel ton Breloc adopte-t-il lorsqu'il prononce : « Je mène l'existence qui me plaît » (l. 72) ; « Ça ne vous regarde pas » (l. 91).

Le commissaire

5 **a.** Sur quel ton le commissaire s'adresse-t-il à Breloc ? Relevez la didascalie.
b. Quelle reprise de terme lignes 50 à 52 indique que le commissaire agit en despote ?

c. En quoi les répliques du commissaire lignes 80 à 90 représentent-elles dans cette circonstance des abus de pouvoir ?

Le comique de situation

Le coup de théâtre

Un coup de théâtre consiste en un changement imprévu.

6 À quel instant précis du dialogue Breloc manifeste-t-il un comportement inattendu ? Citez les répliques qui indiquent son refus de répondre et sa révolte (l. 91 à 106).

7 Repérez les répliques où l'affrontement verbal a lieu. Quelles injures les deux hommes s'échangent-ils ?

8 Quelle décision le commissaire prend-il à l'encontre de Breloc ?

Le comique de mots

Les noms des personnages

9 **a.** Qu'est-ce qu'une breloque ?

b. Quel rapprochement comique le spectateur peut-il établir entre le nom du personnage et l'objet qu'il rapporte au commissaire ?

10 Qui est Céleste Moucherol ? En quoi ce nom est-il amusant ?

Les répétitions

11 Les répétitions de mots ou d'expressions créent un rythme comique.

a. Relevez les répétitions du mot « montre » de la ligne 13 à 48. Sur quels différents tons le mot est-il prononcé par chacun des personnages ?

b. Citez deux autres répliques dans lesquelles le commissaire reprend le mot « montre ». Dans quelle intention ?

12 Combien de fois le verbe « dites » est-il répété entre les lignes 77 à 79 ? Sur quel ton, chacun des personnages répète-t-il le verbe ? Quel est l'effet produit ?

Le langage allusif

13 « Vous le prenez sur un ton qui ne revient pas, contrairement à votre figure, qui me revient, elle ! » (l. 95 à 97)

Que comprend le spectateur ? À quelle réplique le sens de ce propos apparaît-il ? Quel est l'effet produit ?

Les jeux de scène

Les personnages parlant ensemble

Ce jeu de scène est un procédé qui consiste à faire parler exactement en même temps plusieurs personnages : « Tout cet ensemble, déclare Courteline, demande à être réglé avec le plus grand soin par les artistes chargés d'interpréter les rôles, de façon que le spectateur puisse saisir les parties saillantes du texte à l'unisson. »

14 **a.** Quel message chacun des deux hommes cherche-t-il à faire passer à l'autre dans « le parlé ensemble » ?
b. Les deux personnages peuvent-ils s'entendre ou se comprendre ? Quelle critique de la communication Courteline fait-il par l'intermédiaire de ce procédé ?

Les réactions du spectateur

15 **a.** Dans quelle agitation la scène se termine-t-elle ? Quelle autre pièce de Courteline se termine dans un tel tumulte ?
b. Que devient Breloc ? Que regrette-t-il ? En quoi son expérience de l'honnêteté est-elle condamnée ?
c. Le spectateur peut-il y voir une morale ?

Jouer la scène

Les personnages parlant ensemble

16 Jouez le passage où Breloc et le commissaire parlent en même temps (l. 107 à 121). N'oubliez pas que le sens général des répliques doit être compris par les spectateurs même si un brouhaha se produit. Insistez sur la véhémence de votre ton afin de manifester la colère des personnages en présence.

Scène 5

Le Commissaire, *puis* Floche *et* Deux Agents

Le Commissaire. – Breloc ! Breloc ! Est-ce que je sais, moi, si cet homme-là s'appelle Breloc ! À la rigueur, moi aussi, je pourrais m'appeler Breloc ! Si on les écoutait, ils s'appelleraient tous Breloc ! (*Allant à la fenêtre.*) Saperlipopette, il vient un vent par cette fenêtre !

À ce moment, bruit à la cantonade. La porte s'ouvre violemment, livrant passage à Floche, qui se débat entre deux gardiens de la paix.

Floche. – Le commissaire ! Où est le commissaire ? Je veux parler au commissaire !

Le Commissaire, *aux agents.* – Qu'est-ce qu'il y a ?

Floche. – C'est vous le commissaire ?

Le Commissaire. – Oh ! pas tant de bruit, s'il vous plaît. Vous parlerez quand je vous y inviterai. – De quoi s'agit-il, Lagrenaille ?

L'agent Lagrenaille. – C'est monsieur qui faisait de l'esclandre à l'angle de la rue de Dunkerque et du faubourg Poissonnière, en débinant la République. Comme les passants assemblés concouraient de toutes parts au désordre de la rue, nous avons hâté le pas, mon collègue et moi, et avons engagé monsieur à satisfaire de bonne grâce aux lois de la circulation. Sur le refus qu'il nous opposa, nous l'avons pris par le bras, sans violence, et l'avons mené au commissariat.

Le Commissaire. – A-t-il fait de la rébellion ?

L'agent Lagrenaille. – Non, monsieur le commissaire.

LE COMMISSAIRE. – Vous a-t-il injuriés ?

L'AGENT LAGRENAILLE. – Du tout.

FLOCHE. – Je n'avais pas de raison pour être malhonnête avec des agents comme il faut. Quant à de la rébellion, j'aime trop l'autorité pour n'en avoir pas le respect.

LE COMMISSAIRE. – Voilà un principe de conduite auquel vous auriez dû vous conformer plus tôt.

FLOCHE. – Par exemple ?

LE COMMISSAIRE. – Quand les agents vous ont prié de circuler.

FLOCHE, *discret, mais ironique.* – Oh ça !...

LE COMMISSAIRE. – Quoi, oh ça ?

FLOCHE. – Je dis : oh ça !... Dire « oh ça ! », c'est le droit de tout le monde.

LE COMMISSAIRE. – Oui, mais ce qui n'est le droit de personne, c'est de se livrer, comme vous l'avez fait, à des démonstrations publiques et de tenir à haute voix des propos séditieux.

FLOCHE. – La République me dégoûte.

LE COMMISSAIRE. – Ce n'est pas une raison suffisante pour que vous essayiez d'en dégoûter les autres.

FLOCHE, *concis et éloquent.* – Ça encore !...

Il rit.

LE COMMISSAIRE. – Quoi, ça encore ?

FLOCHE. – Je dis : « Ça encore ! »... Ça vous choque ?

LE COMMISSAIRE. – Oui, ça me choque ; et puisque vous le prenez comme ça, le paysage va changer d'aspect. (*Aux agents.*) Je vous remercie.

Sortie des agents. Un temps.

Le Commissaire, *entre ses dents.* – « Ça encore ! »... (*Haussement d'épaules. – Il prend une feuille de papier, trempe sa plume dans l'encre et se dispose à écrire.*) Comment vous appelez-vous ?

Floche. – Floche.

Le Commissaire. – Avec ou sans S ?

Floche. – Sans S.

Le Commissaire. – Vos prénoms ?

Floche. – Jean-Édouard. Domicile : rue des Vieilles-Haudriettes, 129.

Le Commissaire. – Et votre profession ?

Floche. – Je n'en ai pas. J'ai un petit capital qui travaille pour moi.

Le Commissaire. – Vous êtes décoré ?

Floche. – Qui ? Moi ? Non.

Le Commissaire. – Alors ça.

Il désigne le large ruban rouge qui pare la boutonnière de Floche.

Floche. – Ça ? C'est un pense-bête. (*Il rit*) J'ai la mémoire assez indocile, je vous dirai. Elle a tendance à faire l'école buissonnière, si bien que je suis contraint de lui mettre un licou. D'où ce ruban qui la rappelle, quand le besoin s'en fait sentir, au sentiment de sa mission. C'est nouveau et ingénieux, supérieur au mouchoir corné, qui perd toute efficacité si vous n'êtes affligé du rhume de cerveau, et à l'épingle sur la manche qui a le tort de vous signaler comme étourneau à la raillerie des imbéciles.

Le Commissaire. – Soit ! Mais si ce ruban ne vous signale pas à la raillerie des imbéciles, il peut vous signaler à l'attention des juges et vous valoir six mois de prison. Enlevez-moi ça ! hein. (*Floche retire le ruban.*) Votre âge ?

FLOCHE, *s'asseyant.* – Avez-vous idée d'un poète composant une tragédie dans un salon où un professeur de piano ferait des gammes du matin au soir ? (*Stupéfaction du commissaire.*) Non, n'est-ce pas ? Eh bien, ma mémoire est à l'image de ce poète : elle est logée en un cerveau où le génie fait trop de musique.

LE COMMISSAIRE. – Vous êtes un faiseur d'embarras. Je vous invite à garder pour vous vos phrases à panache dont je n'ai que faire et à répondre à mes questions ? Je vous demande quel âge vous avez ?

FLOCHE. – Vingt-cinq ans.

LE COMMISSAIRE. – Plaît-il ?

FLOCHE. – Vingt-cinq ans.

LE COMMISSAIRE. – Comment, vingt-cinq ans !... Vous avez vingt-cinq ans ?

FLOCHE. – Oui.

LE COMMISSAIRE, *rectifiant.* – Vous les avez *eus*.

FLOCHE. – C'est bien pourquoi je les ai gardés.

LE COMMISSAIRE. – Drôle de raisonnement !

FLOCHE. – Drôle en quoi ? Il est logique comme une démonstration d'algèbre, lumineux comme un clair de lune et simple comme une âme d'enfant. J'ai eu vingt-cinq ans ! Oui, parbleu ! Seulement, le jour où je les eus, je me suis dit à moi-même : « Bel âge ! Tenons-nous-y ! » Je m'y suis donc tenu, je continue à m'y tenir, et je m'y tiendrai jusqu'à ce que mort s'ensuive, avec votre permission.

Un silence.

LE COMMISSAIRE. – Un mot. Il est bien entendu que vous ne vous moquez pas de moi ?

Floche. – Je ne vois rien dans mes allures, dans ma tenue ni dans mon langage, qui puisse vous autoriser à une supposition semblable.

Le Commissaire. – C'est que, précisément…

Floche. – J'attendais l'objection. Elle était fatale en un temps où la raison se promenant gravement par les rues, la tête en bas et les jambes en l'air, on en est venu petit à petit à ne plus distinguer nettement ce qui est le vrai de ce qui est le faux, puis à prendre le faux pour le vrai, l'ombre pour la lumière, le soleil pour la lune et le bon sens pour l'égarement. C'est ainsi que ma femme, qui est devenue folle au contact d'un air saturé de folie, tire des plans pour me faire fourrer à Charenton.

Il s'égaye.

Le Commissaire, *faussement étonné.* – Se peut-il !… Elle aurait une punaise dans le bois de lit ?

Floche. – Et un rat dans la contrebasse !

Le Commissaire, *à part.* – Je suis fixé. (*Haut.*) Monsieur.

Floche. – Le cas de cette malheureuse, qui est, à peu de choses près, celui de la foule tout entière, devait naturellement tenter l'esprit de logique et d'analyse d'un moraliste équilibré. Aussi ai-je conçu le projet de l'étudier tout au long, avec ses effets et ses causes, en un ouvrage intitulé : *Le Daltonisme mental…*

Le Commissaire. – Monsieur…

Floche. – …ouvrage d'une haute portée philosophique…

Le Commissaire. – Sans doute, mais…

Floche. – …fruit de mes réflexions, filles elles-mêmes de mes longues veilles…

Le Commissaire. – Mon Dieu…

FLOCHE. –… et dont je prendrai la liberté de vous développer les grandes lignes. Monsieur… (*Il s'interrompt.*) Pardon.

Il se lève et gagne le fond du théâtre.

LE COMMISSAIRE, *vaguement inquiet, à part.* – Oh ! mais il m'embête, cet homme-là ! – Ah çà ! il ferme la porte !

Il se précipite, mais déjà Floche est redescendu en scène, la lèvre fleurie d'un sourire.

FLOCHE. – Vous voyez : je fais comme chez moi.

LE COMMISSAIRE. – En effet, et c'est le tort que vous avez. – Ma clef.

FLOCHE. – Votre clef ?

LE COMMISSAIRE. – Oui ; ma clef.

FLOCHE. – Quelle clef ?

LE COMMISSAIRE. – La clef de cette serrure.

FLOCHE. – Eh bien ?

LE COMMISSAIRE. – Rendez-la-moi.

FLOCHE, *très doucement.* – Non.

LE COMMISSAIRE. – Non ?

FLOCHE. – Non.

LE COMMISSAIRE. – Pourquoi ?

FLOCHE. – Parce que j'aime mieux la garder dans ma poche. Vous n'avez aucun intérêt à ce que cette porte soit ouverte, et moi, j'en trouve un grand à ce qu'elle soit fermée. Je veux bien, vous, magistrat officiel, vous mettre dans le secret des dieux ; mais l'aller confier au hasard d'une porte qui peut s'entre-bâiller sans bruit, l'aller jeter en pâture à l'oreille indiscrète du premier goussepin qui passe, c'est une autre paire de manches. Monsieur, le vent de folie qui souffle de toutes parts prend naissance dans un quiproquo : dans le malentendu survenu entre la Nature qui commande, et l'Homme, qui n'exécute pas ; entre les intentions bien arrêtées de l'une et l'interprétation à rebrousse-poil de l'autre.

LE COMMISSAIRE, *pris de la bravoure des poltrons qui se jettent à l'eau.* – Si vous ne me rendez pas ma clef à l'instant même, j'appelle à l'aide, j'enfonce la porte, et je vous fais expédier à l'infirmerie du Dépôt, ficelé comme un saucisson. Vous avez compris ?

FLOCHE. – À merveille. (*Il met la main à sa poche, tire un revolver et en braque le canon sur le commissaire.*) Si vous dites un mot, si vous faites un geste, si vous cessez un seul instant de me regarder dans le blanc de l'œil, je vous envoie six coups de revolver par le nez et je vous fais éclater la figure comme une groseille à maquereau !... Qui est-ce qui m'a bâti un fou furieux pareil ?

***Le commissaire est bon enfant* à la Comédie Française, en 1951, avec Jean Meyer.**

LE COMMISSAIRE. – Ah, c'est moi le… ?

FLOCHE. – Silence ! ou ça va mal tourner. Je suis bon enfant, mais je n'aime pas les fous !

LE COMMISSAIRE, *terrifié*. – Je comprends ça !

FLOCHE. – Le fou, c'est mon ennemi d'instinct, entendez-vous ?… c'est ma haine, c'est ma rancune ! La vue d'un fou suffit à me mettre hors de moi, et quand je tiens un fou à portée de ma main, je ne sais plus, non, je ne sais plus de quoi je ne serais pas capable !

LE COMMISSAIRE, *à part*. – C'est la crise ! Je suis dans de beaux draps.

Les deux hommes se regardent dans les yeux. Le commissaire, visiblement, ne donnerait pas deux sous de sa peau. Mais, dans l'instant où il commence à recommander son âme à Dieu :

FLOCHE, *partant d'un grand éclat de rire*. – Savez-vous que, pour un commissaire, vous êtes plutôt sujet au trac ?

LE COMMISSAIRE, *qui ne comprend plus*. – Moi ?

FLOCHE. – Vous en avez eu, une peur !

LE COMMISSAIRE. – Je vous assure…

FLOCHE. – Allons, ne faites pas le modeste. Vous en tremblez encore comme de la gelée de veau ! (*Un peu moqueur*.) Comment, vous n'avez pas compris que je vous faisais une farce ?… Ai-je donc la figure d'un homme qui caresse de mauvais desseins ?

LE COMMISSAIRE. – Non, certes ! Mais c'est ce…

FLOCHE. – Ce quoi ?

LE COMMISSAIRE. – Ce revolver. Un malheur est si vite arrivé, comme on dit !

Floche. – Vous dites des enfantillages. Une arme n'est dangereuse qu'aux mains d'un maladroit, et je suis maître de la mienne comme un bon écrivain est maître de sa langue. Songez que je vous crève un as à vingt-cinq pas, ou que je vous guillotine une pipe, le temps de compter jusqu'à quatre !

Le Commissaire, *feignant le plus vif intérêt*. – Vraiment ?

Floche. – Vraiment ! – D'ailleurs, vous allez en juger.

Le Commissaire. – Hein ? Quoi ? Qu'est-ce que vous allez faire ?

Floche. – Vous allez voir. Ne bougez pas.

Il rompt de quelques pas et braque son revolver sur le commissaire aux cent coups.

Le Commissaire, *qui ne veut rien savoir*. – Non ! Non !

Floche. – Ne bougez donc pas, crebleu ! Je vous dis qu'il n'y a pas de danger. La balle va vous passer au ras de l'oreille gauche ; vous allez l'entendre siffler ; c'est très curieux. Attention !... Une !... Deux !...

Le Commissaire, *lancé dans des sauts de cabri*. – Je ne veux pas ! Je ne veux pas !

Floche, *retombant sans transition de l'accalmie à la fureur*. – Nom de Dieu d'imbécile ! Buse ! Brute ! Une seconde de plus, le coup partait ; je lui logeais une balle dans la peau ! (*Hors de lui*.) Et vous croyez que, des êtres pareils, la société ne ferait pas mieux de les détruire ? Tenez (*tirant la lame de sa canne à épée*), je ne sais ce qui me retient de vous clouer au mur comme une chauve-souris avec vingt pouces de fer dans le ventre !

Le Commissaire, *réfugié derrière sa table*. – Ça recommence ? Après le feu, le fer ?... Zut ! à la fin ! C'est assommant ! On ne peut pas être tranquille une minute, avec vous !

FLOCHE, *laissant tomber son épée.* – Insensé !

LE COMMISSAIRE. – Eh non !

FLOCHE. – Grelot vide ! Timbre fêlé ! Tête sans cervelle !

LE COMMISSAIRE. – Je vous jure que vous êtes dans l'erreur. Vous vous faites, de mes facultés, une idée qui n'est pas la bonne.

FLOCHE. – Je sais ! Vous êtes le fou traditionnel, classique, celui qui prêche et qui vend la sagesse. Mais, pauvre idiot, tout, en vous, respire et trahit la démence !… depuis la bouffonnerie de votre accoutrement jusqu'à l'absurdité sans nom de votre visage !

LE COMMISSAIRE. – Trop aimable !

FLOCHE, *qui est venu à la table.* – Et puis, qu'est-ce que c'est que toute cette paperasserie ? Ça ne sert à rien !

LE COMMISSAIRE. – Mais si.

FLOCHE. – Mais non ! Erreur de vos sens abusés !

Il rafle le tas de procès-verbaux, pièces à légaliser, etc., etc., et sème le tout par les libres espaces.

LE COMMISSAIRE. – Oh ! cré nom !

FLOCHE, *qui est venu se poster devant le cartonnier.* – Et ces cartons !… Ça n'a aucune utilité.

LE COMMISSAIRE. – Permettez !

FLOCHE. – Illusions !… Chimères !…

Il dit, et les cartons, violemment arrachés à l'étreinte de leurs alvéoles, voltigent, à leur tour, par les airs, en lâchant des torrents d'affaires à l'instruction.

LE COMMISSAIRE, *consterné.* – Ah ! c'est gai !

Soudain :

FLOCHE, *avisant le feu qui flambe en la cheminée.* – Et ça !

Le Commissaire. – Quoi ça ?

Floche, *désignant l'âtre.* – Ça !

Le Commissaire. – C'est du feu.

Floche, *les bras au ciel.* – Du feu ! (*Éclatant d'un rire épileptique.*) Du feu au mois de janvier !

Le Commissaire. – Eh bien ?

Floche, *au public.* – Est-il bête ! Alors non ? Vous ne comprenez pas qu'à moins d'être un énergumène on ne doit faire de feu que pendant les grandes chaleurs ?

Le Commissaire. – À cause ?

Floche, *solennel.* – À cause que la Nature – qui, seule et toujours, a raison – exige que l'homme ait chaud l'été, comme elle veut qu'il ait froid l'hiver ! Éteignez-moi ce brasier.

Le Commissaire. – Non.

Floche, *d'un ton d'un monsieur qui ne plaisante pas.* – Vous ne voulez pas l'éteindre ?

Le Commissaire, *persuadé.* – Si !

Il se lève, se dirige lentement vers la cheminée. Un temps.

Floche. – Et au trot !

Le commissaire se hâte. Une carafe est sur la cheminée. Il la prend, et, de son contenu, il inonde les bûches du foyer. Sur quoi :

Floche. – La nature ordonne que, l'hiver, l'homme soit exposé à mourir de congestion pulmonaire, phtisie galopante, pleurésie, pneumonie et autres. Ouvrez cette fenêtre.

Le Commissaire. – Non.

FLOCHE, *menaçant.* – Vous ne voulez pas l'ouvrir ?

LE COMMISSAIRE. – Si.

Il se dirige à petits pas vers la fenêtre.

FLOCHE. – Et que ça ne traîne pas !

Le commissaire, épouvanté, gagne la fenêtre, qu'il ouvre toute grande. Ceci fait :

FLOCHE. – Enfin, elle veut et commande que l'homme, l'hiver, ait les pieds gelés. Enlevez vos godillots.

LE COMMISSAIRE. – Ah ! non !

FLOCHE, *l'arme braquée.* – Vous ne voulez pas les enlever ?

LE COMMISSAIRE. – Si.

Scène muette. Le commissaire, résigné et navré, se décide à ôter ses chaussures. Mimique de Floche qui attend. À la fin, les souliers enlevés et déposés côte à côte près des pieds libérés de leur propriétaire, le fou s'en empare, et, à toute volée, les envoie, par la fenêtre ouverte, voir au-dehors si le printemps s'avance. Là-dessus :

FLOCHE, *avisant le placard où l'on a vu le commissaire puiser une pelletée de coke au commencement de l'acte.* – Qu'est-ce que c'est que ça ?

LE COMMISSAIRE. – Le placard au charbon.

FLOCHE. – Bien. Entrez-y.

LE COMMISSAIRE. – Vous dites ?

FLOCHE. – Je dis : « Entrez-y ! »

LE COMMISSAIRE. – Mais…

FLOCHE, *formidable.* – Vous ne voulez pas ?

LE COMMISSAIRE, *vaincu, donc convaincu.* – Je ne fais que ça.

D'un pas de condamné à mort, le pauvre commissaire s'achemine vers le placard dont Floche lui tient la porte ouverte. Là, courte hésitation. Brusquement, d'une main agacée, Floche le saisit par le fond de sa culotte, l'envoie dans le noir, ramène la porte et la verrouille.

Puis il redescend la scène, va au bureau du commissaire, prend son chapeau haut de forme et en rétablit les huit reflets après avoir apposé dans le fond de la coiffe un coup du timbre à tampon. Il se coiffe. D'une pichenette il fait disparaître un grain de poussière égaré sur sa manche, puis, automatiquement, en faisant aller les bras, il manœuvre en criant : une, deux ; une, deux. Il ouvre la porte, voit les deux agents de garde, les salue poliment et sort.

Le commissaire est bon enfant, à la Comédie Française, en 1951,
avec Jean Meyer et Robert Manuel.

Scène 6

Deux Agents, Le Commissaire

Un temps. – Soudain, la porte s'ouvre. Apparition d'un des agents qui avaient amené Floche.

L'Agent, *après avoir regardé.* – Lagrenaille ! Lagrenaille !

Lagrenaille, *qui survient.* – Hé là ?

L'Agent. – Où est donc le patron ?

Lagrenaille. – Je n'en sais rien.

L'Agent. – Eh bien, elle est raide, celle-là !

Lagrenaille, *qui aperçoit le chapeau du commissaire.* – V'là son tube.

L'Agent, *qui voit le pardessus.* – Sa pelure !

Lagrenaille, *désignant le parapluie.* – Son riflard.

Un silence.

L'Agent, *les bras cassés de stupeur.* – Ah ! nom de Dieu !

Ils se précipitent, se penchent, regardent à droite et à gauche.

Lagrenaille, *brusquement.* – La fenêtre !

L'Agent. – Rien !

Lagrenaille. – Rien !

L'Agent. – Ça m'a donné un coup !

LA VOIX DU COMMISSAIRE. – Lagrenaille !

LAGRENAILLE. – Écoute voir.

LA VOIX DU COMMISSAIRE. – Garrigou !

L'AGENT. – On m'appelle !

LA VOIX DU COMMISSAIRE. – À moi !

LAGRENAILLE. – C'est le patron !

L'AGENT. – Dieu me pardonne, est-ce qu'il n'est pas dans le charbon de terre !

Il va au placard, qu'il ouvre.

LE COMMISSAIRE, *qui jaillit, pareil à un diable à surprise, la figure noircie de charbon.* – Au fou ! Au fou !… Des cordes !… des courroies !… des chaînes !… Qu'on aille chercher le panier à salade !… Téléphonez au préfet de mobiliser les pompiers et la garde républicaine !… La ville est menacée !… Au fou !

Georges Courteline,
Le commissaire est bon enfant, 1899.

Questions

Repérer et analyser

L'enchaînement des scènes

1 **a.** Quelle réplique permet l'enchaînement entre la scène 4 et 5 ?
b. Quels nouveaux personnages entrent en scène ? En quoi l'entrée de Floche est-elle spectaculaire ? Appuyez-vous sur la didascalie pour répondre.

Le comique de caractère

Le personnage du fou

2 Qu'apprend le spectateur :
- sur les circonstances qui ont conduit le personnage au commissariat ;
- sur le nom, prénom, domicile, profession et âge de l'individu ;
- sur sa tenue vestimentaire ;
- sur son comportement ?

3 En quoi les révélations de Floche sur les défaillances de sa mémoire sont-elles comiques (l. 68 à 75) ? Pour qui se prend-il (l. 80 à 84) ?

4 Pourquoi Floche a-t-il toujours vingt-cinq ans ? À quel raisonnement incongru le personnage se livre-t-il ? Citez la réplique du Commissaire qui indique son incrédulité.

5 Repérez la réplique (scène 3) par laquelle le commissaire se rend compte que le fou qui est devant lui est le mari de la dame. Relevez l'aparté.

6 **a.** De quelle grande pensée philosophique Floche est-il le dépositaire (l. 129) ?
b. Sur quel quiproquo cette pensée repose-t-elle (l. 164 à 167) ? Sur quelle conception de la nature le raisonnement s'appuie-t-il ?

Le comique de langage

Le comique des noms

Floche est le nom d'un flocon de laine ou de neige. Lagrenaille est un métal réduit en graines dont on remplit les cartouches de plomb. Quant à Garrigou, c'est un nom dérivé de garrigue qui désigne dans le Midi les chênes verts et les herbes odoriférantes.

7 Quelle image les noms donnent-ils des personnages avant même que le spectateur ne les voie agir ?

Les répétitions

8 Relisez les répliques des lignes 34 à 52.

a. Combien de fois le pronom « ça » est-il repris au fil du dialogue ?

b. Montrez que ce pronom renvoie à des réalités différentes selon le personnage et la réplique. Quel est l'effet produit ?

Les comparaisons inattendues

9 « Je vous fais expédier... ficelé comme un saucisson » (l. 170-171) ; « Je vais vous faire éclater la figure comme une groseille à maquereau » (l. 176-177) ; « Vous en tremblez encore comme de la gelée de veau ! » (l. 197-198) : à quel champ lexical ces comparaisons appartiennent-elles ? En quoi sont-elles inattendues et drôles ?

Le comique de gestes et de mouvements

Le fou et sa gestuelle : les déplacements scéniques

Dans la comédie, les allées et venues des personnages font partie intégrante du spectacle et si elles déterminent le rythme de la pièce, elles confèrent également aux personnages leur dynamisme.

10 Relevez les allées et venues des personnages dans la scène 5.

a. Repérez la didascalie qui signale l'entrée en scène de Floche. Quels bruits annoncent son arrivée ? Dans quel état d'agitation est le personnage ?

b. À quel moment les deux agents quittent-ils la scène ?

c. Quels déplacements et actions de Floche indiquent que le personnage va prendre le contrôle de la situation ?

d. Repérez le déplacement scénique du commissaire qui montre qu'il a compris les intentions de Floche.

e. Par quelle expression du visage Floche affiche-t-il son triomphe ?

L'accélération du rythme de l'action

11 **a.** Repérez les didascalies :

- qui révèlent la peur du commissaire ;
- qui montrent que Floche se livre à une suite d'actions folles (l. 172-173 ; l. 216-217 ; l. 229-230...). Lesquelles ?

– qui montrent l'état d'affolement et le dérèglement de la conduite du commissaire (de la ligne 223 à 232).

b. D'où le comique naît-il ?

Les mouvements répétés

12 **a.** Relevez la formule injonctive que répète Floche à quatre reprises lignes 276 à 312. Quels mouvements successifs le commissaire exécute-t-il suite à cette injonction ? En quoi l'effet est-il comique ?

b. Quelles didascalies indiquent la capitulation du commissaire ? Dans quel état d'esprit se trouve-t-il ?

c. Quels gestes d'humiliation infligés au commissaire indiquent le triomphe de Floche ?

La pantomime

Autre comique de mouvement, la pantomime est un jeu de scène muet qui consiste à exprimer tous les sentiments par des gestes sans le secours de la parole.

13 Repérez les gestes de la « scène muette » (l. 298 à 303). Opposez la lenteur des gestes du commissaire qui enlève ses chaussures à la rapidité des mouvements de Floche qui les jette par la fenêtre. En quoi est-ce drôle ?

Le départ de Floche

14 Relevez les derniers gestes que Floche effectue avant de quitter la scène (l. 314 à 326).

a. À quel exercice délirant se livre-t-il sur le chapeau de commissaire ?

b. En quoi les gestes du personnage trahissent-ils sa folie ? En quoi est-ce drôle ?

c. Quel terme de la didascalie finale indique que le délire de Floche est terminé ? Pour qui se prend-il en quittant la scène ?

Le comique de situation

Le renversement de rôles

15 **a.** En quoi la situation dans laquelle se trouve le commissaire aux lignes 172 à 178 est-elle comique ?

Quelle injonction l'a précipité dans une telle situation ? Citez les répliques.
b. Repérez dans la suite de la scène un autre passage où Floche met en joue le commissaire ?
Que veut prouver Floche (l. 219-222) ?
c. En quoi y a-t-il renversement des rôles ? Quel est l'effet produit ?

Les apartés

16 **a.** Comment le commissaire réagit-il au changement de comportement de Floche ?
Appuyez-vous sur l'aparté des lignes 187-188.
b. À qui cet aparté est-il destiné ? Quelle image le commissaire donne-t-il de lui ?

La méprise

> La méprise est une situation d'ignorance dans laquelle se trouvent certains personnages qui ne possèdent pas tous les éléments d'une situation donnée. Le spectateur qui domine l'ensemble de la situation ne peut que s'en amuser.

17 **a.** Quelles répliques indiquent la stupéfaction des agents face à la disparition du commissaire ?
b. À quel moment comprennent-ils que le commissaire ne s'est pas défenestré ? Quelle est leur réaction ? Justifiez votre réponse et dites en quoi la situation est comique.

Le dénouement

> Dans une pièce de théâtre, le dénouement est la partie finale où l'action s'achève, où les problèmes soulevés durant la pièce trouvent leur résolution.

18 À quelle ligne de la scène 5 l'action se dénoue-t-elle ?
Appuyez-vous sur la didascalie qui précise le ton adopté par le commissaire.
19 Quel dernier geste humiliant le commissaire subit-il de la part du fou ? En quoi ce geste marque-t-il sa défaite ?
20 Sur quelle image du commissaire le rideau tombe-t-il (scène 6) ? Quel est l'effet produit par les derniers propos du personnage ?

La visée

21 En quoi l'institution policière est-elle remise en cause à la fin de la pièce ? Quelle est l'intention de l'auteur lorsqu'il montre l'autoritarisme du commissaire mis en échec par un fou ?

22 Quelle image Courteline donne-t-il de l'humanité ?

Étudier la langue

Imaginer des comparaisons

23 En prenant comme exemple les comparaisons inattendues de Courteline (question 9), amusez-vous à en écrire d'autres : bête comme… ; doux comme… ; paresseux comme… ; rouge comme… ; tremblant comme… ; frisé comme…

Écrire

Rédiger un dialogue

24 Rédigez un des deux dialogues proposés ci-dessous.

a. Imaginez que Lagrenaille et son collègue ne découvrent pas la présence du commissaire et se laissent aller à dire ce qu'ils pensent de lui. Vous introduirez dans vos répliques des expressions populaires inspirées du langage de Courteline.

b. Rédigez une scène où Floche revient et « fait éclater la figure (du commissaire) comme une groseille à maquereau ». Vous rédigerez des didascalies de gestes qui marquent la démence du personnage et l'incohérence comique de ses propos.

Georges Courteline

Monsieur Badin

Monsieur Badin, mise en scène de 1990 de Gilles Retore, compagnie Bacchus. Jean Petrement dans le rôle du directeur, Gilles Retore dans le rôle de M. Badin.

Les personnages

Monsieur Badin................................ Albert Mayer
Ovide .... Robert Lagrange
Le Directeur.. Jovenet

Le cabinet du directeur. Celui-ci, installé à sa table de travail, donne des signatures qu'il éponge aussitôt. Brusquement, il s'interrompt, allonge la main vers un cordon de sonnette. Sonnerie à la cantonade. La porte s'ouvre. Le garçon de bureau apparaît.

Le Directeur. – C'est vous, Ovide ?

Ovide. – Oui, monsieur le directeur.

Le Directeur. – Est-ce que M. Badin est venu ?

Ovide. – Oui, monsieur le directeur.

Le Directeur (*stupéfait*). – M. Badin est là ?

Ovide. – Parfaitement.

Le Directeur. – Réfléchissez à ce que vous dites. Je vous demande si monsieur Badin, l'expéditionnaire du troisième bureau, est à son poste, oui ou non.

Ovide. – Monsieur le directeur, il y est !

Le Directeur (*soupçonneux*). – Ovide, vous avez bu.

Ovide (*désespéré*). – Moi !...

Le Directeur. – Allons ! avouez la vérité ; je ne vous dirai rien pour cette fois.

Ovide (*des larmes dans la voix*). – Monsieur le directeur, je vous jure !... J'ai bu qu'un verre de coco.

LE DIRECTEUR (*à lui-même*). – La présence de monsieur Badin au ministère constitue un tel phénomène, une telle anomalie !... Enfin, nous allons bien voir. Allez me chercher monsieur Badin.

OVIDE. – Bien, monsieur le directeur.

Il sort. Le directeur s'est remis à la besogne. Long silence. Enfin, à la porte trois petits coups.

LE DIRECTEUR. – Entrez !

Apparition de M. Badin

MONSIEUR BADIN (*saluant jusqu'à terre*). – Monsieur le directeur...

LE DIRECTEUR (*toujours plongé dans ses signatures*). – Bonjour, monsieur Badin. Entrez donc, monsieur Badin, et prenez un siège, je vous prie.

MONSIEUR BADIN. – Je suis confus...

LE DIRECTEUR. – Du tout, du tout. Dites-moi, monsieur Badin, voilà près de quinze jours que vous n'avez mis le pied à l'Administration.

MONSIEUR BADIN (*humble*). – Ne m'en parlez pas !...

LE DIRECTEUR. – Permettez ! C'est justement pour vous en parler, que je vous ai fait prier de passer à mon cabinet. Voilà, dis-je, près de quinze jours que vous n'avez mis le pied à l'Administration. Tenu au courant de votre absence par votre chef de bureau, et inquiet pour votre santé, j'ai envoyé six fois le médecin du ministère prendre chez vous de vos nouvelles. On lui a répondu six fois que vous étiez à la brasserie.

MONSIEUR BADIN. – Monsieur, on lui a menti. Mon concierge est un imposteur que je ferai mettre à la porte par le propriétaire.

LE DIRECTEUR. – Fort bien, monsieur Badin, fort bien : ne vous excitez pas ainsi.

MONSIEUR BADIN. – Monsieur, je vais vous expliquer. J'ai été retenu chez moi par des affaires de famille. J'ai perdu mon beau-frère...

LE DIRECTEUR. – Encore !

MONSIEUR BADIN. – Monsieur...

LE DIRECTEUR. – Ah çà ! monsieur Badin, est-ce que vous vous fichez de moi ?

MONSIEUR BADIN. – Oh !...

LE DIRECTEUR. – À cette heure, vous avez perdu votre beau-frère, comme déjà, il y a trois semaines, vous aviez perdu votre tante, comme vous aviez perdu votre oncle le mois dernier, votre père à La Trinité, votre mère à Pâques ! Sans préjudice, naturellement, de tous les cousins, cousines, et autres parents éloignés que vous n'avez cessé de mettre en terre à raison d'un au moins la semaine. Quel massacre ! non, mais quel massacre ! A-t-on idée d'une boucherie pareille !... Et je ne parle ici, notez bien, ni de la petite sœur qui se marie deux fois l'an, ni de la grande qui accouche tous les trois mois. Eh bien ! monsieur, en voilà assez. Que vous vous moquiez du monde, soit ! mais il y a des limites à tout, et si vous supposez que l'Administration vous donne deux mille quatre cents francs pour que vous passiez votre vie à marier les uns, à enterrer les autres, ou à tenir sur les fonts baptismaux, vous vous mettez le doigt dans l'œil !

MONSIEUR BADIN. – Monsieur le directeur...

LE DIRECTEUR. – Taisez-vous ! Vous parlerez quand j'aurai fini ! Vous êtes ici trois employés attachés à l'expédition : vous, M. Soupe et M. Fairbatu. M. Soupe en est aujourd'hui à sa trente-septième année de service et il n'y a plus à attendre de lui que les preuves de sa vaine bonne volonté. Quant à M. Fairbatu, c'est bien simple : il place des huiles en province !... Alors quoi ? Car voilà pourtant où nous en sommes, il est inouï de penser que sur trois expéditionnaires, l'un soit gâteux, le second voyageur de commerce et le troisième à l'enterrement depuis le jour de l'An jusqu'à la Saint-Sylvestre !... Et naïvement vous vous êtes fait à l'idée que les choses pouvaient continuer de ce train ?... Non, monsieur Badin ; cent fois non ! J'en suis las, moi, des enterrements, et des mariages, et des baptêmes !... Désormais, c'est de deux choses l'une : la présence ou la démission ! Choisissez ! Si c'est la démission, je l'accepte ! Je l'accepte à cet instant même. Est-ce clair ? Si c'est le contraire, vous me ferez le plaisir d'être ici chaque jour sur le coup de dix heures, et ceci à partir de demain. Est-ce clair ? J'ajoute que le jour où la fatalité, cette fatalité odieuse qui vous poursuit, semble se faire un jeu de vous persécuter, viendra vous frapper de nouveau dans vos affections de famille, je vous balancerai, moi ! Est-ce clair ?

MONSIEUR BADIN. – Ah ! vous me faites bien de la peine, monsieur le directeur ! À la façon dont vous me parlez, je vois bien que vous n'êtes pas content.

LE DIRECTEUR. – Allons donc ! Mais vous vous trompez ; je suis fort satisfait au contraire !

MONSIEUR BADIN. – Vous raillez.

LE DIRECTEUR. – Moi !... monsieur Badin ?... que j'eusse une âme si traîtresse !... qu'un si lâche dessein...

MONSIEUR BADIN. – Si, monsieur ; vous raillez. Vous êtes comme tous ces imbéciles qui trouvent plaisant de me taper sur le ventre et de m'appeler employé pour rire. Pour rire !... Dieu, vous garde, monsieur, de vivre jamais un quart d'heure ma vie d'employé pour rire !

LE DIRECTEUR (*étonné*). – Pourquoi cela ?

Monsieur Badin. – Écoutez, monsieur. Avez-vous jamais réfléchi au sort du pauvre fonctionnaire qui, systématiquement, opiniâtrement, ne veut pas aller au bureau, et que la peur d'être mis à la porte hante, poursuit, torture, martyrise, d'un bout de la journée à l'autre ?

Le Directeur. – Ma foi non.

Monsieur Badin. – Eh bien ! monsieur, c'est une chose épouvantable, et c'est là ma vie, cependant. Tous les matins, je me raisonne, je me dis : « Va au bureau, Badin ; voilà plus de huit jours que tu n'y es allé ! » Je m'habille, alors, et je pars ; je me dirige vers le bureau. Mais ouitche ! J'entre à la brasserie ; je prends un bock..., deux bocks..., trois bocks ! Je regarde marcher l'horloge, pensant : « Quand elle marquera l'heure, je me rendrai à mon ministère. » Malheureusement, quand elle a marqué l'heure, j'attends qu'elle marque le quart ; quand elle a marqué le quart, j'attends qu'elle marque la demie...

Le Directeur. – Quand elle a marqué la demie, vous vous donnez le quart d'heure de grâce...

Monsieur Badin. – Parfaitement ! Après quoi je me dis : « Il est trop tard. J'aurais l'air de me moquer du monde. Ce sera pour une autre fois ! » Quelle existence ! Quelle existence ! Moi qui avais un si bon estomac, un si bon sommeil, une si belle gaieté, je ne prends plus plaisir à rien, tout ce que je mange me semble amer comme du fiel ! Si je sors, je longe les murs comme un voleur, l'œil aux aguets, avec la peur incessante de rencontrer un de mes chefs ! Si je rentre, c'est avec l'idée que je vais trouver chez le concierge mon arrêté de révocation ! Je vis sous la crainte du renvoi comme un patient sous le couperet !... Ah ! Dieu !...

Le Directeur. – Une question, monsieur Badin. Est-ce que vous parlez sérieusement ?

MONSIEUR BADIN. – J'ai bien le cœur à la plaisanterie !... Mais réfléchissez donc, monsieur le directeur. Les trois mille francs qu'on me donne ici, je n'ai que cela pour vivre, moi ! Que deviendrai-je, le jour, inévitable, hélas ! où on ne me les donnera plus ? Car, enfin, je ne me fais aucune illusion : j'ai trente-cinq ans, âge terrible où le malheureux qui a laissé échapper son pain doit renoncer à l'espoir de le retrouver jamais !... Oui, ah ! ce n'est pas gai, tout cela ! Aussi, je me fais un sang ! Monsieur, j'ai maigri de vingt livres, depuis *que je ne suis jamais* au ministère ! (*Il relève son pantalon.*) Regardez plutôt mes mollets, si on ne dirait pas des bougies. Et si vous pouviez voir mes reins ! des vrais reins de chat écorché ; c'est lamentable. Tenez, monsieur (nous sommes entre hommes, nous pouvons bien nous dire cela), ce matin, j'ai eu la curiosité de regarder mon derrière dans la glace. Eh bien ! j'en suis encore malade, rien que d'y penser. Quel spectacle ! Un pauvre petit derrière de rien du tout, gros à peine comme les deux poings !... Je n'ai plus de fesses, elles ont fondu ! Le chagrin, naturellement ; les angoisses continuelles, les affres !... Avec ça, je tousse la nuit, j'ai des transpirations ; je me lève des cinq et six fois pour aller boire au pot à eau !... (*Hochant la tête*) Ah ! ça finira mal, tout cela ; ça me jouera un mauvais tour.

LE DIRECTEUR (*ému*). – Eh bien ! mais, venez au bureau, monsieur Badin.

MONSIEUR BADIN. – Impossible, monsieur le directeur.

LE DIRECTEUR. – Pourquoi ?

MONSIEUR BADIN. – Je ne peux pas... Ça m'embête.

LE DIRECTEUR. – Si tous vos collègues tenaient ce langage...

MONSIEUR BADIN (*un peu sec*). – Je vous ferai remarquer, monsieur le directeur, avec tout le respect que je vous dois, qu'il n'y a pas de comparaison à établir entre moi et mes collègues. Mes collègues ne donnent au bureau que leur zèle, leur activité, leur intelligence et leur temps : moi, c'est ma vie que je lui sacrifie ! (*Désespéré.*) Ah ! tenez, monsieur, ce n'est plus tenable !

LE DIRECTEUR (*se levant*). – C'est assez mon avis.

MONSIEUR BADIN (*se levant également*). – N'est-ce pas ?

LE DIRECTEUR. – Absolument. Remettez-moi votre démission ; je la transmettrai au ministre.

MONSIEUR BADIN (*étonné*). – Ma démission ? Mais, monsieur, je ne songe pas à démissionner ! je demande seulement une augmentation.

LE DIRECTEUR. – Comment, une augmentation !

MONSIEUR BADIN (*sur le seuil de la porte*). – Dame, monsieur, il faut être juste. Je ne peux pourtant pas me tuer pour deux cents francs par mois.

Georges Courteline,
Monsieur Badin, 1897.

Monsieur Badin, mise en scène de 1990 de Gilles Retore, compagnie Bacchus. Gilles Retore dans le rôle du directeur.

Questions

Repérer et analyser

Le titre et les didascalies

1 Observez la didascalie initiale (liste des personnages).
a. Combien la pièce comporte-t-elle de personnages ?
b. Cherchez dans le dictionnaire le sens de l'adjectif « badin ». À quel genre de pièce le spectateur s'attend-il ?

2 Dans quel lieu l'action se déroule-t-elle ? Appuyez-vous sur la didascalie.

3 Observez les autres didascalies de la pièce. Relevez-en quelques-unes et classez-les selon le type d'indications qu'elles fournissent.

L'exposition

4 **a.** Qu'apprend d'emblée le spectateur sur M. Badin ?
b. De quoi le directeur s'étonne-t-il ?
c. Quel est le rôle d'Ovide ?
d. Quel ton est donné dès ces premières répliques ?

Le comique des noms

Dans le théâtre de Georges Courteline, la plupart des noms donnés aux personnages sont ridicules, soit qu'ils apportent une nuance caricaturale, soit qu'ils donnent une qualification morale, soit que l'auteur prétende simplement amuser le public par les consonances grotesques.

5 **a.** En quoi l'adjectif « badin » préfigure-t-il la personnalité du personnage ?
b. Qui est Ovide dans la littérature latine ? En quoi le nom d'un grand poète latin attribué à un simple employé est-il source de comique ?

6 **a.** En quoi les noms de Fairbatu et de Soupe sont-ils drôles ? Quelle peut être la personnalité de ceux qui portent ces noms ?
b. À quelles activités se livre M. Fairbatu en dehors de son travail ?

7 Quelle est la situation de M. Soupe ? Relevez l'adjectif qui le caractérise à la ligne 78 et expliquez l'expression « sa vaine bonne volonté » (l. 74). Que révèle cette expression du personnage ?

La progression du dialogue

La stratégie de Badin

8 **a.** Quel reproche le directeur formule-t-il à l'encontre de son employé ?
b. Relevez les termes répétés qui marquent son insistance.

9 Quelle excuse familiale M. Badin met-il en avant pour expliquer ses absences ? Le directeur y croit-il ?

10 **a.** Dans quelle intention le directeur évoque-t-il les deux collègues de M. Badin ?
b. Quel ultimatum lui lance-t-il lignes 83 à 87 ?

11 **a.** Quelle attitude M. Badin adopte-t-il pour échapper à la colère de son directeur ? Quelle explication donne-t-il de sa conduite ? Quelle stratégie utilise-t-il pour l'apitoyer ?
b. Y réussit-il ? Justifiez votre réponse.

Le renversement de situation

Il y a renversement de situation quand un personnage qui était en position de supériorité passe en un instant en situation d'infériorité et vice-versa.

12 À partir de quelle réplique M. Badin prend-il l'avantage sur son directeur ? En quoi y a-t-il renversement de situation ? En faveur de qui ?

La chute

La chute se caractérise par un effet de surprise.

13 **a.** Quelle réaction extraordinaire M. Badin a-t-il lorsque son directeur lui propose de donner sa démission ? Appuyez-vous sur la didascalie.
b. Le spectateur s'attendait-il à cette réponse ? En quoi cette réponse apparaît-elle en contradiction avec ce qu'était M. Badin précédemment ?

Le personnage de Monsieur Badin

14 **a.** Quelle image le spectateur a-t-il de M. Badin à son entrée en scène ?
b. Relevez les didascalies de geste et de ton qui montrent sa soumission à son supérieur hiérarchique ?
c. Quel type d'employé incarne-t-il ?

15 Qu'apprend par la suite le spectateur sur son âge, sa santé, sur le montant de son salaire ?

Le comique de mots

La répétition

Au théâtre, la répétition d'un même mot ne se justifie pas uniquement par les nécessités de la situation. La répétition singulière et voulue possède une valeur musicale qui contribue à la force du comique mais il affirme aussi ce qu'un personnage peut éprouver face à une situation qui le dépasse.

16 Relisez les répliques des lignes 48 à 56.
a. Quel terme prononcé par M. Badin est repris par le directeur ?
b. Combien de fois ce terme est-il répété par le directeur ? Sur quel ton ? Quel est l'effet produit ?
17 **a.** Relevez les répétitions du pronom « vous » et du déterminant « votre » aux lignes 53 à 59. Que révèle cette répétition ?
b. Repérez la même reprise aux lignes 87 à 91. Quel est ici le sens de cette répétition ?

Le jeu sur les mots

18 « [...] Votre oncle le mois dernier, votre père à La Trinité, votre mère à Pâques ! »
a. Cherchez dans un dictionnaire la date de célébration de La Trinité ?
b. Que pouvez vous en déduire sur le comique de cette réplique ?
19 **a.** En quoi l'expression « depuis le jour de l'An jusqu'à la Saint-Sylvestre » (l. 79) est-elle comique par son invraisemblance ?
b. De quoi le directeur parle-t-il lorsqu'il dit « Quel massacre ! non, mais quel massacre ! A-t-on idée d'une boucherie pareille ! » l. 59 à 60 ? En quoi l'expression est-elle drôle dans ce contexte ?

Le niveau de langage

20 Relisez les lignes 62 à 91.
a. Relevez dans les deux répliques du directeur des expressions appartenant au niveau de langage familier.
b. En quoi le passage du niveau soutenu au niveau familier contribue-t-il au comique ?

Le comique de situation

Le quiproquo

Le quiproquo est un malentendu qui fait prendre quelqu'un pour quelqu'un d'autre ou une chose pour une autre.

21 **a.** Quelle expression utilisée par M. Badin engendre le quiproquo (l. 170-171) ?
b. En quoi le quiproquo consiste-t-il ? Quel effet produit-il sur le spectateur ?

Le comique de parodie : la parodie du tragique

Le monologue de Badin

Dans les tragédies classiques, le monologue révèle les sentiments et l'état d'esprit des personnages. Chez Courteline, le monologue, en exprimant la détresse du personnage, ne fait qu'accentuer son côté comique. Le personnage se dédouble, se parle à lui-même. Le procédé va encore plus loin puisque le personnage se pose des questions auxquelles il répond lui-même.

22 **a.** Repérez le monologue que rapporte M. Badin en délimitant les lignes. Quel signe typographique indique que le personnage se parle à lui-même ?
b. Où et dans quelle situation M. Badin se trouve-t-il lorsqu'il dit ce monologue ? Relevez les pronoms personnels qui marquent le dédoublement du personnage.
c. À quel dilemme est-il soumis ? Quels ordres se donne-t-il à lui-même ? Ses ordres sont-ils suivis d'effet ? Quels éléments rendent ce monologue comique ?

Le rôle du temps

23 **a.** Combien de fois le verbe « marque » est-il répété lignes 119 à 122 ? En quoi cette reprise suggère-t-elle le mécanisme de l'horloge ?
b. Quelle relation M. Badin entretient-il avec le temps ? Relevez aux lignes 125-126 le terme qui montre que le personnage a perdu son combat contre le temps.

Le détournement de vers tragiques

Nourri de souvenirs classiques, de vers fameux, le théâtre de Courteline est rempli d'allusions soit à Molière (il donne à son personnage le nom d'une particularité psychologique comme Molière avec *L'Avare* ou *Le Bourgeois Gentilhomme*), soit à Corneille. Dans la pièce *Cinna*, le personnage de Cinna est accusé de vouloir assassiner Auguste, il se défend en ces termes : « Moi, seigneur ! Moi, que j'eusse une âme si traîtresse ; Qu'un si lâche dessein… » (Acte IV, scène 3).

24 **a.** Repérez la réplique prononcée par le directeur qui reprend celle de Cinna.
Quel sens cette réplique prend-elle ici ?
b. Montrez en citant le texte que M. Badin a compris que son directeur se moque de lui.
c. En quoi les vers de Corneille appliqués à une situation si différente entraînent-ils le rire du spectateur ?

Le comique de caractère

Le comique de caractère émane du personnage, de son comportement, de ses défauts et contradictions, de ses invraisemblances.

Les fausses déclarations

25 **a.** Quels événements familiaux empêchent M. Badin de venir au bureau, du moins d'après ce qu'il prétend ?
b. En quoi l'accumulation comique des enterrements, des mariages et des naissances de la famille Badin est-elle invraisemblable ? Relevez les indices de temps qui montrent que les déclarations de M. Badin conduisent le spectateur à l'incrédulité.

Le paradoxe

Le paradoxe est une forme d'opposition : celle qui se manifeste entre les idées exprimées par le personnage et celles que l'on s'attend à lui voir formuler.

26 **a.** Relevez l'énumération des verbes qui traduit l'état de M. Badin lignes 106 à 110.
À quel champ lexical appartiennent-ils ?
b. M. Badin pourrait-il sortir de cette situation en allant travailler ? En quoi le personnage est-il en pleine contradiction ?

Le lamento burlesque

27 Relevez lignes 127 à 135 les comparaisons, expressions par lesquelles M. Badin témoigne de ses craintes et de ses hantises. En quoi cette lamentation est-elle risible ? Le Directeur y croit-il ?

La disproportion

La disproportion est constituée d'un décalage entre la réalité et la vision qu'en a ou qu'en donne le personnage.

28 **a.** Quelle est la cause de l'amaigrissement de M. Badin ? Appuyez-vous sur la réplique en italique pour répondre.
b. Quel type de sentiment M. Badin veut-il susciter chez son interlocuteur ? Le spectateur peut-il croire que M. Badin est malade d'avoir trop travaillé ?
c. Relevez les expressions par lesquelles M. Badin exprime sa souffrance physique (l. 145 à 159). En quoi l'exagération de ses propos est-elle comique ?
d. Quel geste M. Badin effectue-t-il pour démontrer l'état d'amaigrissement dans lequel le plonge le fait de n'aller « jamais au ministère » ?
e. Quelle partie de son corps évoque-t-il ? Montrez que le niveau de langage de M. Badin bascule de plus en plus vers l'obscène.

Les contradictions

29 **a.** Montrez que les contradictions de Badin le conduisent à la fois à être malade quand il ne travaille pas et à la fois quand il se rend au ministère.
b. Comment peut-il vaincre un tel dilemme ?

Le manipulateur et le badin

30 En quoi M. Badin change-t-il entre le début et la fin de la pièce ? A-t-il le dessus sur son interlocuteur ?

31 **a.** Quel ultime argument « sur le seuil de la porte » M. Badin lance-t-il à son supérieur ? Que laisse-t-il sous-entendre ?
b. En quoi le nom du personnage prend-il tout son sens à la fin la pièce ?

La peinture de l'administration

32 Quelle image Courteline donne-t-il de l'administration et du personnel administratif ?

Écrire

Rédiger une courte scène

33 Rédigez une scène dans laquelle un élève cherche à expliquer à un professeur les raisons de son absence à l'un de ses cours.

Se documenter

Ovide

Ovide, en latin Publius Ovidius Naso, est un poète latin, né en 43 av. J.-C. Il a composé plusieurs recueils de poésie dont *L'Art d'Aimer* où il dévoile, non sans humour, les techniques de la séduction de l'époque, et surtout *Les Métamorphoses*, long poème épique dans lequel il retrace les légendes grecques.

Courteline et les fonctionnaires des Ministères

En écrivant ses pièces, Georges Moineau (dit Courteline) songe à ses quatorze ans comme expéditionnaire au Ministère des Cultes, 66 rue de Bellechasse. Le réalisme de *Monsieur Badin* est d'autant plus vivant que la pièce a été écrite quand l'auteur se trouvait encore expéditionnaire. *Monsieur Badin* met en scène un fonctionnaire, M. Fairbatu, qui vend des huiles en province et qui est toujours absent : la satire est évidente, et Courteline savait de quoi il parlait, puisqu'à son époque, 1890, il se rendait lui-même fort peu au ministère.

En 1883, le rapporteur du Budget écrit : « qu'au moyen d'une meilleure répartition on élevât les traitements actuels… ». Les fonctionnaires ne sont pas assez payés : Moineau ne gagne que deux cents francs or par mois ; quoi de plus étonnant à ce qu'il se cherche une occupation annexe qui lui permette de vivre ?

Lire

Historique du monologue

Dès l'antiquité, un acteur pouvait parler seul, en particulier dans les prologues. Les jongleurs du Moyen Âge ont entretenu cette tradition qui faisait les beaux jours des bateleurs de foire.
Au début du XVIIe siècle, le public raffolait de ces morceaux de bravoure. En 1632, dans sa tragi-comédie *Clitandre*, le jeune Corneille a offert 14 monologues à ses acteurs.
Mais l'invraisemblance jeta le discrédit sur ce procédé théâtral : parle-t-on seul sans passer pour un fou ?
Le théâtre classique substitua au monologue un échange avec un confident. Le monologue resta toutefois indispensable pour mettre en scène un personnage qui n'a personne à qui parler : seul le grand monologue de Figaro donne au personnage de Beaumarchais une profondeur qui lui manquait. Le théâtre contemporain, sensible à la solitude de l'homme y a souvent recours. Dans la comédie, le procédé est porté à son comble : le personnage se dédouble, se parle à lui-même, il se pose des questions auxquelles il répond lui-même.

Étudier le monologue

• Carlo Goldoni, *Le Menteur*, 1753

FLORINDO, *seul.* – Le voici cet adorable balcon auquel s'accoude ma bien-aimée. Si elle y venait maintenant, il me semble que j'oserais lui dire quelques mots. Je lui dirais par exemple… (*Ottavio arrive du côté opposé au balcon et s'immobilise pour observer Florindo.*) Oui, je lui dirais : « Madame, je vous aime tendrement ; sans vous je ne puis plus vivre ; vous êtes mon âme, ma vie. Oh, mon cher ange, je vous en supplie, ayez pitié de moi ! » (*Il se retourne et voit Ottavio. À part*) Ciel ! je ne voudrai pas qu'il m'ait vu. (*À Ottavio*) Cher ami, que dites-vous de la belle architecture de ce balcon ?

34 **a.** Repérez la didascalie qui montre qu'il s'agit d'un monologue. À qui parle le personnage dans le monologue ?

b. Ottavio sait-il à qui est destiné le monologue ? L'a-t-il entendu ? Peut-il penser que les propos de Florindo lui sont adressés ?
c. Relevez la réplique du personnage qui montre qu'il est conscient qu'Ottavio a entendu ses propos.
d. En quoi l'artifice du procédé est-il source de comique ?

• Georges Feydeau, *Un monsieur qui n'aime pas les monologues*, 1882

Non ! je m'en vais ! cela m'agace ! Il y a là, à côté, ce grand blond, vous savez qui dit des monologues… Eh, bien ! il en dit un en ce moment !… Des monologues ! a-t-on idée de cela ! Si j'étais la préfecture de police, je le défendrais ! C'est faux ! archi-faux ! Un homme raisonnable ne parle pas tout seul : il pense, et alors, il ne parle pas ! C'est ce qui le distingue des fous qui parlent et qui ne pensent pas. Admettre le monologue, c'est rabaisser l'humanité ! On devrait le défendre ! cela me rend malade ! Moi, je n'admets le monologue, qu'à plusieurs conditions, parce qu'alors ce n'est plus un monologue ! Ce sont des gens qui parlent et, nous les écoutons, dans la salle, nous sommes comme des indiscrets ; mais ils ne s'occupent pas de nous. Tandis que celui qui vient nous débiter un monologue… De quel droit ? Qui est-ce qui lui demande quelque chose ? Enfin, c'est comme si je venais vous en dire un, moi ! Hein ! qu'est-ce que vous diriez ? C'est faux, archi-faux, n'est-ce pas ? Eh, bien ! nous sommes du même avis.

35 **a.** Que reproche Feydeau au monologue ?
b. Relevez les termes qui montrent que le monologue est un procédé théâtral qui repose sur un artifice. À quelle condition Feydeau admet-il le monologue ?
c. En quoi l'avis de l'auteur de *On purge Bébé !* est-il comique ?

Questions de synthèse

Le théâtre de Courteline

Le temps et le lieu

La règle des trois unités

Le théâtre français classique (XVIIe siècle) était soumis aux règles des trois unités.
- Unité de lieu : l'action doit se dérouler dans une seule pièce, une maison, une ville à la limite.
- Unité de temps : l'action n'excède pas vingt-quatre heures.
- Unité d'action : une seule intrigue.

1 Courteline est-il resté fidèle à la tradition du Théâtre de Molière ?
Pour répondre :
- dites où se situent les différentes actions des trois pièces : y a-t-il changement de lieu ?
- évaluez la durée de chaque action ;
- résumez chaque intrigue.

Le rythme des pièces

2 **a.** Quelle pièce comporte le plus de scènes ?
b. Le nombre de scènes est-il en relation avec le nombre de personnages ? Justifiez votre réponse.

Un genre : la comédie

3 Courteline qualifie *Les Boulingrin* de vaudeville et *Le commissaire est bon enfant* de comédie.
Quelles sont les caractéristiques du vaudeville et quelles sont les caractéristiques de la comédie ?

4 En quoi la comédie comporte-t-elle une critique de la société ?
Pour répondre, appuyez-vous :
- sur les arguments développés par M. Badin face à son directeur ;
- sur l'autoritarisme du commissaire.

Questions de synthèse

Les personnages

5 Quelle pièce comporte le plus grand nombre de personnages ? Pourquoi selon vous ?

6 Quels personnages portent le nom des titres des pièces ? Ont-ils le rôle principal dans les trois pièces ?

7 **a.** À quelle classe sociale les personnages des trois pièces appartiennent-ils ?
b. Quels personnages évoluent dans le même univers professionnel ?
c. Certains personnages échappent à un regroupement quelconque ? Lesquels ?

Le comique

8 Reproduisez le tableau proposé page suivante et complétez-le à l'aide de quelques exemples.

La farce

9 Quels sont les procédés comiques que Courteline a privilégiés dans ses trois pièces ? Lesquels relèvent spécifiquement d'un comique de farce ?

10 Quelle pièce donne lieu à une mise en scène plus gestuelle ? En quoi le Théâtre du Grand Guignol est-il à l'origine de ce comique ?

La visée

11 À travers le comique, quelle critique Courteline fait-il de la société ? Cette critique est-elle encore d'actualité ? Justifiez votre réponse.

	Les Boulingrin	Le commissaire est bon enfant	M. Badin
Comique de noms			
Comique de situation – La dispute – La méprise – La surprise			
Comique de mots – Les répétitions – Les injures – La parodie			
Comique de gestes – La poursuite – Les gestes symétriques – La bastonnade			
Comique de caractère			

Index des rubriques

Repérer et analyser

Écrire

Se documenter

Lire et comparer

Étudier la langue

Jouer la scène

Lire

Table des illustrations

Iconographie : Hatier Illustration/Véronique Foz

Graphisme : Mecano-Laurent Batard

Mise en page : Syntexte

Relecture : Yan Rodié-Talbère

Achevé d'imprimer par MAME Imprimeurs à Tours - France
Dépôt légal n° 69718 - Mars 2006.